rororo

Nora hat liebevoll ihre Finca für die Freundinnen hergerichtet, alles soll perfekt sein, auch die Männer, die die jungen Frauen verwöhnen sollen. Dafür hat ihr guter Freund und Gelegenheitsliebhaber, der geheimnisvolle Alejandro, gesorgt. Er war mit der Auswahl der Liebhaber betreut, und nun warten Luis, Jaime, Diego und Paco auf die Ankunft der Frauen aus Deutschland, um sie unter der Sonne Mallorcas lustvoll zu verwöhnen.
Vanessa Brent ist das Pseudonym einer bekannten deutschen Autorin.

Vanessa Brent

Mallorquinischer Reigen

Erotischer Roman

Rowohlt Taschenbuch Verlag

Originalausgabe
Veröffentlicht im Rowohlt Taschenbuch Verlag GmbH · Reinbek bei Hamburg, November 2003 · Umschlaggestaltung: any.way, Andreas Pufal · Foto: Mauritius · Satz Pinkuin Satz und Datentechnik, Berlin · Druck und Bindung Clausen & Bosse, Leck · Printed in Germany · ISBN 3 499 23502 1 · Die Schreibweise entspricht den Regeln der neuen Rechtschreibung.

Eins

Sie lag bei der Kosmetikerin auf der Liege und dachte schon wieder an Sex. Eigentlich hatte sie seit vierundzwanzig Stunden an nichts anderes gedacht. Morgen würde sie um diese Zeit bereits im Flugzeug nach Spanien sitzen, wo Nora sie auf dem Flughafen von Palma erwarten wollte.

Gestern hatten sie noch miteinander telefoniert und Nora hatte gesagt, dass Alejandro bereits nach ihr gefragt hatte. Alejandro. Der beste Liebhaber der Welt, von dem so mancher junge Lover, ob Latin Lover mit Waschbrettbauch und dunklem Haar oder blonder Jüngling, lernen konnte. Und das taten sie dann ja auch. Neugierig. Willig. Ehrgeizig. Einander übertrumpfend. Ausdauernd und oft maßlos.

Genau das wollten Patricia und ihre Freundinnen. Dafür reservierte Nora in ihrem kleinen versteckten Hotel zweimal im Jahr die Suiten für diese erlesene verschworene Gesellschaft, die sich bei ihr traf, um für ein paar Tage den hektischen Berufsalltag zu vergessen und Träume wahr werden zu lassen. Erotische Träume. Dafür ackerten Liliann, Kathrin, Nora und sie selbst, Patricia Sommer, hart und ehrgeizig. Sie war mittlerweile eine erfolgreiche Finanzberaterin.

Bereits auf dem Weg zum Abi hatten sich die Freundinnen geschworen, einmal sehr erfolgreich zu sein. Zu den Besten wollten sie gehören. Jede in ihrem Fach.

Kathrin hatte damals – du liebe Zeit, das lag ja achtzehn Jahre zurück – die erste deutsche Bundeskanzlerin werden wollen. Doch dann hatte sie gemeinsam mit Patricia den Film «Zeugin der Anklage» gesehen. Nicht die Dietrich faszinierte Kathrin, sondern der alte und herzkranke Anwalt Sir Wilfried, genial von Charles Laughton verkörpert. Von da an stand für Kathrin fest, dass sie Anwältin sein wollte. Und zwar eine der besten. Doch Strafrecht war nie ihr Ding, weil ihr dazu der nötige Abstand fehlte, wie sie früh erkannte. So spezialisierte sie sich auf Finanz- und Bankrecht.

Während ihres Studiums wechselte sie von Hamburg nach London Sie wurde Teil des Justizviertels mit dem Royal Court of Justice, den vier Inns of Court und der so ganz eigenen Sprache bei Gericht. Sie machte den *Bachelor of Law* am King's College und wurde dort Prozessanwältin, ganz wie Sir Wilfried Barrister englischen Rechts in einer angesehenen Handelsrechtskanzlei, und trug schlussendlich stolz ihre maßgeschneiderte Perücke aus weißem Rosshaar. Aufgeregt hatte die kräftige Rothaarige mit der

Figur einer Leichtathletin bei ihrer besten Freundin in Hamburg angerufen und gestöhnt: «Unter diesem Rosshaarungetüm schwitzt man wie ein Schwein. Man glaubt, man hätte Läuse – so juckt der Kopf. Aber irgendwie ist es auch wahnsinnig toll und aufregend! Oh, Patti, du hättest mich sehen sollen.»

Neben Kathrin wirkte Ally McBeal wie eine brave Konfirmandin. Kathrin wurde seit neuestem auch Kate genannt, genau genommen seit ein Headhunter sie abgeworben hatte und sie Partnerin in einer der zehn größten, weltweit agierenden Kanzleien der Welt geworden war. Sie war nun eine von dreihundertsiebenundsechzig Partnern, von denen lediglich vierundvierzig Frauen waren. Weltweit. Kathrins Ehemann, ehemals Lehrer von Beruf, machte den Hausmann und versorgte daheim in Königstein die vierjährigen Zwillinge, während seine dynamische Gattin, deren Ruf in der Branche wie Donnerhall erschallte, nunmehr die Finanzierung großer Wirtschaftsgüter begleitete und mit Millionenbeträgen jonglierte. Ihr großer Schreibtisch aus Metall und Glas dominierte das Siebzigquadratmeterbüro mit der Skyline des Frankfurter Bankendistrikts im Hintergrund. Schwarz und Grau waren die vorherrschenden Farben des Büros. Die rote Rose auf dem Schreibtisch, das rote Handy und die dunkelroten Sessel der Besuchergruppe sorgten für ein fast geheimnisvolles Flair in dieser ganzen Sachlichkeit.

Liliann war das verhätschelte Einzelkind des Modegurus Ernesto, der seiner kleinen Tochter jeden Wunsch von den Augen ablas. War sie doch das Einzige, was ihm nach dem tödlichen Unfall der Ehefrau geblieben war. Niemand wollte glauben, dass sie einmal ihr Leben selbständig meistern würde. Freundc und Verwandte versuchten immer mal wieder erfolglos, den Vater von seiner Affenliebe abzubringen.

«Du tust dem Kind keinen Gefallen, wenn du es so verhätschelst», sagten sie. Doch Ernesto war mit Taubheit geschlagen.

Allen Prophezeiungen zum Trotz entwarf Liliann nun seit einigen Jahren Schmuck, für den so manche Frau auf der ganzen Welt bereit war zu morden. Ihre Freundinnen erwarben Einzelstücke zu so genannten «Sonderkonditionen», die einem durchschnittlich verdienenden Bundesbürger immer noch in die Nähe des Ruins treiben würden.

Nora hatte die steile Karriere vom Spätgroupie über Discobesitzerin zur Ehefrau eines überaus wohlhabenden spanischen Adeligen hinter sich. Sie war heute verwitwet und hatte nach jahrelangem zähem Ringen mit der adeligen Verwandtschaft vor vier Jahren eine ihrer drei Fincas zu einem exklusiven Hotel umbauen lassen.

Nora war diejenige der Freundinnen, die wohl am ehesten bodenständig zu nennen war. Ihre wilden Jahre gehörten der Vergangenheit an. Mit ihrer straffen schwarzen Haarpracht, den großen goldenen Ohrringen, der scharf konturierten Nase und den feinen Gesichtszügen wirkte sie wie eine echte Spanierin. Sie streifte stundenlang durch die Natur, durch Oliven- und Zitronenhaine, oder sie kletterte auf Ziegenpfaden einen der kargen Hügel hinauf, die Staffelei auf dem Rücken, immer auf der Suche nach einem neuen Motiv. Gelegentlich stellte sie ihre Bilder in Galerien aus, wo sie zu stattlichen Preisen verkauft wurden. Doch der Verkauf war Nora nicht wichtig. Sie genoss es einfach, in der Abgeschiedenheit der Natur zu sein und zu malen. Im Grunde war sie nicht auf diese Geldeinnahme angewiesen, sie war privilegiert. Malen war ihr Lebensinhalt und Inspiration geworden.

Es ging ihnen allen finanziell gut, trotz der momentan schwierigen Wirtschaftslage, die so manchen erfolgsverwöhnten Unternehmer in die Knie zwang.

«Ich zocke gern, verfüge über weibliche Intuition und ein fotografisches Gedächtnis», pflegte Patricia mit unergründlichem Lächeln zu antworten, wenn sie wieder einmal für das Fernsehen gefragt wurde, warum ihre Prognosen und Tipps mit fünfundneunzigprozentiger Sicherheit ins Schwarze trafen.

Mehr brauchte niemand zu wissen. Danach schob sie regelmäßig mit der für sie typischen Handbewegung eine Strähne ihres langen blonden Haares hinters Ohr und forderte den Interviewer auf, die nächste Frage zu stellen. Und das alles mit kühlem Blick, der ihre scherzhaften Worte und die kokette Geste Lügen strafte.

Patricia kam mit ihren Gedanken in die Gegenwart zurück und schnurrte leise, als Naomis Hände mit festem Strich die Creme auf Gesicht, Hals und Dekolleté verteilten. Nun folgte der angenehme Teil der kosmetischen Gesichtsbehandlung: die Massage. Mit sanftem Druck begannen sich Naomis kräftige schmale Finger vom Brustbein an aufwärts zu arbeiten, umfassten die Schultern, dehnten den Nacken, strichen über Kinn, Wangen und Stirn und ließen Patricia in eine andere Welt gleiten.

Sie hatte vergangene Nacht von ihm geträumt. Alejandro. Er hatte eine Sonderstellung, er war Noras Vertrauter. Er allein kannte die Männer, die zum Liebesspiel mit den vier Frauen ins Hotel kamen. Jedes Mal waren es andere. Meistens junge Typen, obwohl er selbst eher zu der Alterskategorie seiner Auftraggeberinnen gehörte, er musste knapp vierzig sein. Für jeden Frauengeschmack einer. Der drahtige Alejandro, dessen schwarzes Haar nie länger als fünf Millimeter war und sich an der Stirn langsam zurückzog, suchte die Lover aus, instruierte sie, «schwor sie ein», wie Nora beim ersten Treffen dieser Art flüsternd den Freundinnen erklärte, und er lehrte sie, die Wünsche des anderen und des eigenen Geschlechtes zu erfüllen.

Alejandro schrieb Drehbuch, führte Regie und spielte gelegentlich mit. Für Patricia waren seine Spiele unvergesslich.

«Alle Männer, die ich kenne, wünschen sich, mit zwei Frauen zu vögeln. Eine davon sollte Jennifer Lopez sein und die andere –? Ich möchte mit zwei Männern vögeln, aber nicht der passive Part sein. Ich will bestimmen, was wie wann geschieht.»

«Also gut», hatte Alejandro damals geantwortet. Mehr nicht.

Am darauf folgenden Tag, die Freundinnen waren auf ihre Weise beschäftigt, kam er spät nachmittags mit zwei Drinks an den Pool und setzte sich auf Patricias Liege. Der Anblick seiner gebräunten Haut und der dunklen Haare auf seiner Brust erregten sie noch immer. Sie kannte mittlerweile das schwarze borstige Haar, das Schwanz und Hoden umgab, kannte seinen Geruch und Geschmack, und allein die Gedanken daran ließen sie feucht werden. Mit den kühlen Fingern der rechten Hand strich er an ihrem Bein aufwärts und lächelte über die Schauer, die durch ihren Körper liefen und ihr eine Gänsehaut bescherten. Zielstrebig griff seine Hand unter ihr Bikinihöschen, stieß auf ihre geile Nässe und versenkte langsam Zeige- und Mittelfinger in ihrer Möse. Sein Daumen tippte wieder und wieder gegen die Klitoris, als wollte er ein winziges Schwungrad antreiben. So würde sie nicht lange brauchen, um zum Orgasmus zu kommen. Sie wollte mehr, doch er zog quälend langsam, wie in Zeitlupe, die Finger aus ihr heraus. Nur widerwillig gab ihre Möse sie frei. Dann griff er nach ihrer Hand und zog sie hoch.

«Komm. Ich hab etwas für dich.»

«Ich weiß.» Sie grinste. «Aber wir können doch gleich hier …»

«Nein. Komm einfach.»

Ohne den geringsten Einwand und voll köstlicher Ungeduld folgte sie ihm.

Alejandro wohnte in einer Suite. Das Schlafzimmer wurde von einem überdimensional großen Himmelbett, das mit erotischen Schnitzereien verziert war, dominiert. Auf der seidenen weißen Bettdecke wartete Joe schon auf sie. Die Frauen hatten ihn wegen seines wiegenden Cowboygangs so getauft. Er war bereits nackt. Patricia hatte ihn am Morgen in der Sauna dabei beobachtet, wie er seinen Schwanz zwischen Kathrins schweren Hinterbacken wetzte. Beide hatten hintereinander auf der hölzernen Bank gekniet, und Patricia hatte es vorgezogen, sich leise davonzuschleichen. Die beiden wollten offensichtlich miteinander allein sein. Jetzt lag Joe auf Alejandros Bett und sah ihnen beiden erwartungsvoll entgegen.

«Du bestimmst, was wie wann», raunte Alejandro in ihr Ohr und schob sie zum Bett.

Und so fand sie sich zwischen zwei sehr unterschiedlichen Männern wieder, die sie überall sanft streichelten, ihren Mund, die Augen und Ohren küssten und leckten, gierig an ihren steifen Nippeln sogen und mit den Fingern zupften. Patricia schloss die Augen, um sich ganz auf ihre Empfindungen zu konzentrieren. Nichts sollte sie ablenken.

Einer der Männer, sie war sich nicht sicher, welcher der beiden, schob ihre Beine auseinander, glitt an ihren Hüften hinab und öffnete geschickt ihre Vagina mit den Fingern. Sie stöhnte auf. Doch statt sie nun zu lecken, wie sie es erwartet hatte, kam er wieder hoch und schob zielstrebig seinen Schwanz in ihre nasse Möse. Sie war völlig ausgefüllt, sein Penis hätte für den ersten Moment ruhig ein bisschen kleiner sein dürfen. Dann passten sich die Wände ihrer Möse an, und nachdem sie mit ihren Händen die Hüften des Mannes umfasst und seinen Körper kräftig an sich gezogen hatte, verfiel er in ein genießerisch langsames, rhythmisches Stoßen. Es war Joe, der sie mal sanft, mal fest auf das weiße Laken drückte, wieder und wieder. Doch Patricia wollte mehr.

«Knie dich über mich. Ich will dich lecken.» Sie öffnete die Augen einen Spalt und dirigierte Alejandro so über sich, dass sein erigierter Penis genau über ihrem Mund war und sein Hintern aufreizend vor Joes Gesicht. Joe leckte sich in Vorfreude auf den zu erwartenden Genuss die Lippen. Das war das Vorspiel zum dann folgenden Mann-fickt-Mann-fickt-Frau. Etwas, von dem Patricia noch heute träumte und das sie gern wiederholen würde.

«So», flüsterte Naomi sanft und holte Patricia aus ihren erotischen Erinnerungen in den Alltag zurück, «jetzt noch eine Maske, die kleine Fältchen um Mund und Augen aufpolstert, und Sie sind glatt wie am ersten Tag.»

Patricia lachte trocken und hob die linke Augenbraue.

«Na ja, wie am dritten.»

«Ich bin Ende dreißig. Dabei bleibt es. Und die paar Fältchen machen mich nicht gleich unattraktiv.»

«Schön, dass Sie so denken.»

Naomi klang jedoch traurig und nachdenklich, und Patricia fragte sich, welcher Kummer die sonst so muntere junge Frau wohl bedrückte. Erst vor einem Jahr hatte sie das Kosmetikinstitut übernommen, es modernisiert und erweitert. Ihre Mutter (brasilianische Schönheitskönigin, vom deutschen Ehemann und Vater ihrer drei Kinder wohlhabend geschieden) hatte der ältesten Tochter in den ersten Wochen stolz am Empfang geholfen. Begeistert hatte Naomi den Kundinnen noch vor kurzem vom neuen Softwareprogramm erzählt, das ihr Lebensgefährte, der Programmierer in der Computerbranche war, speziell für ihr Geschäft entwickelt hatte.

Patricia stützte sich mit den Unterarmen auf der Behandlungsliege ab, setzte sich halb auf und sah der deutsch-brasilianischen Schönheit prüfend ins Gesicht. «Was ist los?» Ihr Ton duldete keine Ausreden.

«Wir haben uns getrennt. Nein. Scheiße. Ich bin

jetzt neunundzwanzig, und er ist einundvierzig, verstehen Sie?»

Patricia schüttelte den Kopf. Naomi weinte nun.

«Eines Morgens, beim Frühstück, bin ich ihm plötzlich zu alt. ICH bin IHM zu alt!» Sie schnäuzte sich in ein Kosmetiktuch. «Ich möchte zu gern hören, welche Ausreden er bei einer noch Jüngeren aufführt», fauchte sie.

«Ausreden?»

«Na, warum er nicht kann. Keinen hochkriegt eben. Man muss jemanden schon sehr lieben, um dafür Verständnis aufzubringen. Finden Sie nicht? Ich meine, wenn es mal nicht klappt. Das ist ja okay. Kann passieren. Aber Roland kann fast nie. Und wenn doch, dann kann er nicht in mir kommen. Ich meine – das ist doch auch irgendwie krank. Oder? Das kann doch nicht an mir liegen. O Gott!» Sie schlug sich leicht entsetzt mit der Hand auf den Mund. «Entschuldigung! Was erzähl ich hier nur?»

«Sie sollten den Typen so schnell wie möglich vergessen.» Patricia legte sich wieder auf die Liege zurück. In ihrem Kopf arbeitete es. Was, wenn sie Naomi einlud, mit zu Nora zu kommen? Platz war dort genug. Und Naomi würde die nötige Ablenkung gut tun. Außerdem dürfte sie genau nach Lilianns Geschmack sein, die sich neuerdings immer öfter mit Frauen vergnügte und nach der Trennung von Carla ein bisschen Trost brauchte.

«Die Maske wirkt jetzt fünfzehn Minuten ein.

Entspannen Sie sich. Ich bin gleich wieder zurück.» Leise wurde die Tür geschlossen. Aus dem Lautsprecher rieselte erneut Entspannungsmusik.

Ich habe fünfzehn Minuten, um eine Entscheidung zu fällen, dachte Patricia. Im Job ließ man ihr selten so viel Zeit.

Alejandros Schwanz tauchte in Patricias Mund, ihre Zunge kreiste warm und feucht um den willkommenen Gast, während Joe unermüdlich in ihre Möse stieß, jedoch ihre Klitoris und Schamlippen ignorierte. Das hatte sie sich anders vorgestellt. In ihren Phantasien würde Joe ausgiebig ihre Klit lecken und sich danach Alejandros Loch widmen, das dieser ihm provozierend hinhielt. Doch es kam anders. Alejandro zog sich aus ihrem Mund zurück und drehte sich geschickt um, um ihre Klit zu lecken, während seine Finger leicht wie mit einer Feder ihre äußeren Schamlippen streichelten. Alles, während Joes riesiger aufregender Schwanz unermüdlich rein- und rausfuhr. Eine süße Verlockung für Alejandro?

Sie hatte es sich gewünscht, und, ohne es aussprechen zu müssen, begann nun tatsächlich der glutäugige Spanier Joes Schwanz zu lecken. Der zog erst scharf die Luft ein, doch dann gab er ein wohlig lüsternes Brummen von sich.

«Er schmeckt nach dir, Patricia», murmelte Alejandro.

Sie setzte sich auf und sah zum ersten Mal einem

Mann zu, der den Schwanz eines anderen leckte. Den Schwanz, der tief aus ihrer Möse kam und von ihrem Saft glitzerte.

«Lasst mich zusehen.»

Mit einem schmerzhaften Ruck zog Joe seinen rot pulsierenden Pfahl aus ihr heraus und sah ihr dabei tief in die Augen. Sein Blick war hart, voll brutaler Lust, die nicht zu seinen jungenhaft weichen Zügen passte. Er lehnte sich gegen das Kopfteil des Bettes und streckte Alejandro provozierend seinen Schwanz entgegen. Der beugte sich wortlos vor, umschloss das heiße Fleisch mit seinen Lippen und begann, gleichzeitig Joes Hoden zu berühren, erst leicht, dann knetete und drückte er immer fester.

Patricia legte sich so neben die beiden Männer, dass sie deren erregendes Spiel genau vor Augen hatte. Wie von selbst kroch ihre Hand zwischen ihre Beine. Ihre Finger trillerten über die Klitoris, fuhren tief in ihre Möse, ihre Hüften hoben sich, während sie Joes Schwanz, der in Alejandros Mund pumpte wie zuvor in ihre Möse, nicht eine Sekunde aus den Augen ließ. Die beiden Männer waren völlig selbstvergessen miteinander beschäftigt. Patricia schien aus ihrem Bewusstsein entschwunden zu sein. Das war unglaublich aufregend, aber Patricia fiel etwas noch viel Aufregenderes ein.

Sie trennte die beiden. Griff sich die erigierten Schwänze, rieb sie dicht vor ihrem Mund mit den Händen aneinander, sie konnte sich nicht entscheiden, welchen sie nun mit den Lippen umschließen sollte. Oder sollte sie beide gleichzeitig in den Mund nehmen? Ihre Mundwinkel schmerzten. Da traf ihr Blick Joes, dessen Atem immer heftiger wurde.

«Fick ihn», befahl sie Joe mit gebieterischer Stimme, der nur zu gern gehorchen wollte.

Alejandro drehte sich um. Sie leckte abwechselnd Joes Schwanz und Alejandros Loch, öffnete es langsam mit dem Finger, bereitete es vor und wies Joe den Weg. Der Spanier stöhnte, als Joes Schwanz sich langsam doch unnachgiebig in ihn hineinschob, doch kurz darauf veränderte sich seine Stimme, und er forderte, zunächst leise, mehr.

Patricias Geilheit war jetzt nicht mehr zu steigern. Sie sah, wie Alejandros Glied sich aufbäumte und er, auf allen vieren hockend, unter Joes Ansturm stöhnend ins Leere pumpte. Geschickt schlängelte sie sich unter die beiden Männer und verschlang Alejandros Rute mit ihrer Möse. Nun hatte sie das Gefühl, gleichzeitig von zwei Männern gefickt zu werden. Beide Schwänze waren tief in ihr und stießen zu, stark und hart. Sie spürte einen Orgasmus kommen, dessen Ausmaße beängstigend und gleichzeitig unglaublich befriedigend sein würden.

Alle drei waren eine Einheit wollüstigen Fleisches. Joe brüllte seine Lust heraus wie ein Tier, als er seinen Samen in Alejandro entlud. Gleichzeitig packte Patricias Möse zu und presste zuckend und krampfend noch den letzten Tropfen aus Alejandro. Dann spürte sie nur noch das schwere Gewicht beider Männer auf ihrem Leib.

«Wow», stöhnte Joe, nach einer Weile immer noch schwer atmend.

Alejandro und Patricia blieben still, immer noch überwältigt von den noch nie erlebten Körperempfindungen.

Zwei

Liliann legte den roten Lederkoffer vorsichtig auf das Bett. Sie würde gemeinsam mit ihren Freundinnen den Inhalt einweihen. Ihre erste erotische Schmuckkollektion. Sie kostete ein Vermögen. Wenn es nach ihr ginge, sollten die kostbaren Spielzeuge in eigens dafür eröffneten Geschäften verkauft und angepasst werden. Die üblichen Läden, in denen die regulären Sexartikel angeboten und verkauft wurden, konnten sie mit ihrem Pseudoglamour, dem Latex- und Lederschick kein bisschen anmachen. Ihr ästhetischer Anspruch an die angebotenen Lust-Objekte war ein höherer. Luxus pur. Wobei für sie die Betonung auf dem Wort «pur» lag. Nicht zu verwechseln mit puristisch oder gar kühl. Purer Luxus waren edle und sündhaft teure Materialien, feinstes Design und Liebe zum Detail. Letzteres zeigte sich zum Beispiel im edelsteinbesetzten Drehmechanismus eines Vibrators, der selbstverständlich in einem schlichten Etui aus Gold aufbewahrt wurde, ähnlich einem Brillenetui. Luxus pur.

Die Einzelheiten ihrer Geschäftsidee wollte sie

während ihres Mallorcaurlaubs mit Kathrin als Anwältin und Patricia als cleverer Geldfrau besprechen. Sicher würden die Freundinnen einige Anregungen für weitere Luxusspielzeuge haben. Bei den gemeinsamen Liebesspielen kannten sie keine Grenzen und konnten ihren kühnsten Phantasien freien Lauf lassen. Das würde sie inspirieren.

Sie schenkte sich ein zweites Glas Champagner ein und betrachtete ihren bis vor kurzem knabenhaft schlanken, nackten Körper eingehend vor dem großen Spiegel, der einen Großteil der Schlafzimmerwand einnahm. Sie ließ die Hüften kreisen, machte eine halbe Drehung, sodass sie sich nun im Profil betrachtete. Ihr Bauch war ein winziges bisschen runder geworden. Aber das lag an den Pastaorgien, die sie mit Carla in Florenz zelebriert hatte. Carlas feste Rubenshüften, rund und stramm, ihre kräftigen Schenkel mit dem dunklen Gekräusel, das sie beinahe jeden Morgen sorgfältig und provokativ nach dem Duschen in Form zupfte und kämmte, womit sie Liliann, die meist gemeinsam mit der Freundin das Bad benutzte, jedes Mal fast um die Besinnung brachte. Carla stellte immer ein Bein auf den Rand der pseudoantiken Wanne und bot Liliann aufreizend ihre langen, vollen Schamlippen dar, derweil sie die dunklen Locken drumherum in Form kämmte. Dies einzig und allein mit der Absicht, die Geliebte zu reizen, mit ihr zu spielen, ohne Worte Versprechungen zu machen.

An manchen Tagen, wenn Zeit dafür war, hielt Carla wortlos der Freundin die Flasche mit Bodylotion hin. Liliann trug mit sanftem, jedoch festem Streicheln die Lotion zuerst großflächig auf und verteilte sie dann sorgfältig und genießerisch noch in die kleinsten Ritzen und Falten. Auf den Nacken, über die runden Schultern und Arme, unter die vollen Brüste, deren braunes Zentrum aus den dunklen Warzenhöfen erregt aufstieg. In die Achselhöhlen, die ebenfalls regelmäßig penibel enthaart wurden und nur dunkle Schatten in der Mitte trugen. Zwischen die breiten Pobacken, hin zum inneren Schenkelansatz, hinab zu den Kniekehlen und schließlich zwischen jeden der erstaunlich kleinen Zehen.

Liliann genoss dieses morgendliche Ritual ebenso wie ihre Geliebte, die sich trotzdem nie herabließ, die zärtliche Zuwendung sofort zu vergelten. Das war Teil des Spiels. Wünsche entfachen und nicht zu erfüllen, zumindest nicht sogleich.

Carla Agnelli war nicht nur eine aufregende Liebhaberin, sondern auch eine begnadete Köchin. Kochen war für sie Lust und Lustgewinn. Ihr gesamter Freundeskreis kam in den Genuss ihrer Künste. Carla kochte, wenn sie traurig war. Carla kochte, wenn sie glücklich war. Carla kochte nur so zum Spaß oder um einen Wettbewerb zu gewinnen. Sie entwickelte ständig neue Rezepte und Kompositionen, die sie danach in einem weiteren Kochbuch sammelte. Liliann nahm durch die Liebe zu Carla sechs Kilo zu und nach der Trennung von ihr neun Kilo ab. Doch Carla hatte Liliann einen kleinen Bauch beschert, der sich weigerte zu verschwinden. Manche Spuren wurde man einfach nicht wieder los.

Liliann rieb sich kreisend über die kleine Rundung unterhalb des Nabels, zuckte aufreizend mit den Hüften wie Michael Jackson, drehte sich vor dem Spiegel, tanzte, trippelte, sprang. Lauschte – sie hörte nichts.

Mit zufriedenem Lächeln zog sie die Liebeskugeln langsam aus sich heraus. Mit diesen hier konnte man getrost zum Shopping gehen, ohne das Gefühl zu haben, jeder hörte bei jedem Schritt die tief eingeführten kleinen Lustspender klicken.

Sie wollte Nora vorschlagen, sie einmal auf ihren ausgiebigen Wanderungen auszuprobieren. In ihrer Vorstellung sah sie Nora sich an den Ästen eines alten Olivenbaumes festkrallen, während ein Orgasmus ihren Körper schüttelte. Vielleicht fand sich ja ein Schaf- oder Ziegenhirt oder ein versprengter Tourist, der sich ihrer Bedürfnisse annahm und die Kugeln durch seinen Lustspender ersetzte. Liliann schmunzelte vor sich hin. Seit Teenagerzeiten liebte sie es, sich diese kitschigen Szenen auszumalen, von denen sie wusste, dass sie absolut unrealistisch waren. Aber genau das machte diese Phantasien so reizvoll.

Das Klingeln des Telefons unterbrach ihre Gedanken, und für zwei Sekunden dachte sie freudig «Carla». Doch eher würde die Hölle zufrieren, als dass

Carla sich noch einmal meldete. «Pronto», sagte sie und schob gleich «ja, hallo?» hinterher.

«Stimmt was nicht?» Kathrin klang gleichzeitig besorgt und gereizt.

Liliann glaubte zu wissen, dass Kathrin Sorgen für nutzlos und Energieverschwendung hielt. Zumindest wenn man sie sich im Nachhinein machen musste, wenn das Kind bereits in den Brunnen gefallen, das Flugzeug abgestürzt, der Investor in Konkurs gegangen war.

«Hallo Kathrinchen, schön, dich zu hören.» Liliann gab ihrer Stimme einen aufgeräumten Unterton.

«Du weißt, wie sehr ich das hasse – Kathrinchen! Ich bin doch kein Neutrum.»

«Ich weiß», sagte Liliann seelenruhig und wartete ab.

Am anderen Ende der Leitung war ein ärgerliches Schnaufen zu hören. «Weshalb ich dich anrufe: Ein Mandant stellt mir seine Privatmaschine zur Verfügung. Wenn du also nach Frankfurt kommst, können wir morgen gemeinsam nach Palma fliegen. In einem netten kleinen Luxusjet.»

«Etwa allein?»

«Nein. So großzügig ist mein Mandant doch nicht. Der Hauptdarsteller eines Filmprojekts, dessen Finanzierung wir betreuen, fliegt zu Dreharbeiten nach Mallorca. Eben in besagter Maschine.»

«Wer?»

«Raul Wolfe!»

«Puuh.»

«Na? Wird dir bei dem Gedanken, mit Raul Wolfe zu fliegen, noch heiß? Oder hast du gänzlich zum anderen Ufer gewechselt?»

«Never say never.»

»Okay. Gerührt und dann geschüttelt. Also? Was ist? Kommst du?»

«Und Patricia?»

«Kann nicht. Sie kommt einen Tag später und bringt noch jemanden mit.»

«Das ist aber gegen unsere Abmachung. Mann oder Frau?»

«Weiß ich nicht.» Im Hintergrund war eine leise Frauenstimme zu hören. «Du, sorry, mein nächster Termin. Ruf mich an, wenn du hier bist. Komm am besten in mein Büro. Ich muss heute noch die halbe Nacht arbeiten, um mich für unser Treffen freizuschaufeln.» Kathrin legte auf.

Raul Wolfe. Teenieschwarm mit gestähltem Body und Dackelblick und gleichzeitig die Verkörperung des idealen Schwiegersohns, den selbst die Schwiegermutter nicht von der Bettkante stoßen würde. Das versprach ein interessanter Flug zu werden.

Liliann schob den roten Koffer beiseite, warf zwei riesige Schalenkoffer aufs Bett und betrat, immer noch nackt, ihren begehbaren Kleiderschrank. Wahrscheinlich würde sie sich wieder nicht entscheiden können, was sie einpacken sollte, und deswegen viel zu viel mitnehmen.

Nora stand in ihrem Atelier und bearbeitete mit energischen Strichen eine große Leinwand, auf der bislang nur blasses Grün und Ocker zu sehen waren. Als Alejandro leise den Raum betrat, hielt sie einen Moment inne. Sie neigte abwartend den Kopf, um Alejandro aufzufordern zu sprechen. Er kam näher.

«Das Zimmer für Patricias Freundin steht bereit. Eben ist auch Jaime eingetroffen», flüsterte Alejandro neben Noras linkem Ohr und fuhr kurz mit den Fingerspitzen seiner rechten Hand über ihre nackte Schulter. Das große, mit Farben bespritzte T-Shirt war über ihre Schulter gerutscht, wie es dekorativer kein Modefotograf inszenieren konnte. Ihre leicht gebräunte Haut hätte ihn zu weiteren Zärtlichkeiten reizen können. Doch er wusste aus Erfahrung, dass Nora sich bei der Arbeit nur ungern länger stören ließ.

«Jaime?» Sie wählte einen anderen Pinsel und begann, auf der Palette ein silbriges Grün zu mischen.

«Jaime ist der dunkle Kunststudent.»

«Ach ja», Nora erinnerte sich, «der mit dem Bart. Wie heißt er noch?»

Die Frauen hatten sich darauf geeinigt, allen Männern ein Pseudonym zu geben. Bei der ersten Zusammenkunft dieser Art waren die Namen noch gemeinsam von den vier Freundinnen ausgewählt worden. Doch dann hatten sie diese Aufgabe ebenfalls auf Alejandro übertragen. Er hatte sich in diesem Jahr für spanische Namen entschieden, während es davor englische und französische gewesen waren.

Es war überhaupt schon eine ziemlich verrückte Idee von Patricia, sich auf Zeit ein paar potente, ausdauernde und irgendwie auch anonyme Lover zu kaufen, um «einmal so richtig durchgefickt zu werden». Patricia war die Initiatorin des Ganzen. Sie geriet auf einer Party rein zufällig an einen Callboy, der es ihr zu ihrem und seinem Vergnügen im Hotel bis zum Morgen besorgte und der völlig verblüfften Geschäftsfrau beim anschließenden Frühstück seinen Preis pro Nacht nannte. Da kam ihr die glorreiche Idee, so etwas öfter gezielt, geplant und mit möglichst geringem Risiko zu genießen.

Nora schmunzelte bei der Erinnerung still vor sich hin. Vor zwei Jahren hatten sie vier mit diesen Treffen begonnen, und es war fast schon eine liebe Gewohnheit geworden.

«Sein richtiger Name ist Bjarne. Ich glaube, sein Vater ist Däne. Oder Schwede?» Nachdenklich runzelte Alejandro die Stirn. «Jetzt ist er Jaime. Und mehr willst du doch gar nicht wissen.»

«Die Vereinbarung hat er unterschrieben?» Nora ging angespannt vor der drei Meter breiten Leinwand hin und her.

«Selbstverständlich. Das ärztliche Attest liegt vor. Den Vorschuss hat er erhalten. Alles so, wie es sein soll. Er liegt jetzt am Pool und sammelt Kraft.» Alejandro schmunzelte.

«Okay. Danke.» Das Silbergrün wurde im linken oberen Drittel aufgetragen.

«Ich bin in der Küche, wenn du mich brauchst.» Alejandro hauchte einen Kuss auf die verführerisch nackte Schulter und fragte sich, ob Nora ihn überhaupt wahrnahm. Solange alles nach ihrem Kopf ging, war sie eine äußerst umgängliche Chefin. Doch wenn etwas nicht klappte, mutierte sie zur wütenden Furie.

«Okay. Ich schau später mal vorbei. Am Pool also.» Nora tauchte erneut in ihre Arbeit ab und war für niemanden mehr erreichbar.

Bjarne, der sich in der kommenden Woche daran zu gewöhnen hatte, auf den Namen Jaime zu hören, räkelte sich auf der bequemen Sonnenliege am Pool. Er versuchte zu analysieren, was er empfand. War es Neugierde? Auch ein wenig Unsicherheit oder sogar Angst? Er war sich nicht sicher, ob es ihm wirklich gefallen würde, vier Frauen und möglicherweise auch dem einen oder anderen Mann zu Willen zu sein. Seinen Zweifeln stand jedoch eine keineswegs unbeträchtliche Summe gegenüber, die ihm aus der momentanen Finanzmisere half, die seit Monaten wie ein unsichtbarer chemischer Klebstoff an ihm haftete, langsam aber stetig sein Leben vergiftete. Er hatte Geld gebraucht, es sich bei den falschen Leuten geliehen, die ihn nun wöchentlich an seine Schulden erinnerten und ihm sprichwörtlich das Messer an die Kehle hielten.

Da kam Martins Tipp gerade rechtzeitig. Sein

Freund hatte ihn beruhigt und ihm versichert, dass alles mit rechten Dingen zuging und nichts wirklich Perverses stattfinden würde. «Sonst hätte ich ja auch nicht mitgemacht», versicherte er ihm schulterklopfend. «Die Frauen sind echt lecker. Nicht mehr ganz jung, aber wen stört das, solange sie gepflegt sind. Sie sind attraktiv und vor allem sehr, sehr großzügig. Die Unterkunft und die Verpflegung sind Spitze und ...», er machte eine Kunstpause, «ob du es glaubst oder nicht: man kann von denen noch was lernen. Du glaubst mir nicht? Wirst schon sehen.»

So hatte Bjarne gleich anschließend mit Alejandro Kontakt aufgenommen. Erst per E-Mail, dann per Telefon. Schließlich hatten sie sich persönlich getroffen. Alejandro hatte darauf bestanden, dass Bjarne sich ihm nackt zeigte. Das war anders als beim Bund, in der Sauna oder beim FKK. Doch dann waren ihm bei all seinem Unbehagen wieder die Schulden eingefallen, die noch die letzten Bedenken über Bord gestoßen hatten.

Jetzt lag er am Pool dieser luxuriösen Finca. Im kleinen Safe seines exquisit ausgestatteten Zimmers ruhte ein dickes Bündel Euroscheine. Und das war lediglich der Vorschuss – ein Drittel der Gesamtsumme. Die Geschäfte wurden bar getätigt, was für Bjarne den Vorteil aufwies, dass seine Bank keinen Einblick hatte.

Doch *eine* Angst war geblieben. Die Angst, Claudia könnte erfahren, was er wirklich auf Mallorca tat, während er angeblich eine Woche als Trainer im Fitnessclub eines Freundes aushalf. Sollte Claudia jemals dahinter kommen, um welche Art von Fitnesstraining es sich hier handelte, konnte er seine Beziehung mit ihr für immer vergessen.

Er sah jetzt ihr Gesicht vor sich, wie sie ihn damals bei ihrem zweiten Treffen gefragt hatte, ob es eine andere Frau gebe, die er mehr begehrte. «Gibt es eine, auf die du schärfer bist? Willst du mit mir schlafen? Nur mit mir? Sag es. Komm, sag es.»

Er war noch immer scharf auf Claudia. Am liebsten würde er auch nur sie vögeln. Das Pech war, dass Claudia kein Geld hatte. Auf jeden Fall nicht genug Geld, um ihm aus dieser Zwickmühle zu helfen. Er wusste auch, dass sie kein Verständnis dafür haben würde, dass er sich (und seinen Schwanz) an ein paar reiche Ladys verkaufte. So offen und aufgeschlossen sie auch sein mochte – welche Frau hätte dafür Verständnis? Er kannte keine.

Nora schritt langsam auf den Liegestuhl zu. Sie ging auf einem unsichtbaren Catwalk, balancierte auf jeder Handfläche ein bunt dekoriertes Cocktailglas und wiegte sich geschmeidig in den Hüften. Sie trug ihr dunkles Haar offen, was ihrem Profil schmeichelte, es weicher erscheinen ließ. Sie verbarg ihre Augen hinter einer dunklen Sonnenbrille und amüsierte sich über die offensichtliche Unsicherheit des jungen Mannes.

Ein wenig linkisch sprang er von der Liege hoch

und fühlte sich bestimmt wie ein pubertierender Teenager.

«Holà. Herzlich willkommen in meinem Haus.» Sie reichte ihm eins der beschlagenen Gläser.

«Bjarne – äh, Jaime.»

«Ich weiß.» Sie setzte sich auf die nächste Sonnenliege, lehnte sich dann zurück und bot ihm die Gelegenheit, ihren Körper zu betrachten. Ihre Augen blieben immer noch hinter den fast schwarzen Gläsern ihrer Sonnenbrille verborgen.

Jaime schätzte die Frau auf Mitte dreißig. Nicht mehr ganz jung also. Ihr Körper war nicht so schlank wie Claudias, deren Hüften und Schenkel schmaler waren. Doch die Beine seiner Gastgeberin waren muskulös und fest, ihre Brüste wölbten sich stramm unter dem dünnen Stoff des Bikinioberteils. Er schätzte sie zufrieden auf Körbchengröße C. Mehr nicht. Mehr hätte ihn erschreckt. Er spürte, wie sein Schwanz auf den Anblick dieser Frau reagierte. Sah sie es? Was erwartete sie? Sollte er die Initiative ergreifen? Verflucht, warum hatte man ihm mit dem Vorschuss nicht auch ein Script mit Verhaltensregeln ausgehändigt? Er machte so was schließlich zum ersten Mal. Und daraus hatte er gegenüber diesem Alejandro auch keinen Hehl gemacht.

«Gehen wir schwimmen.» Sie stand auf, ließ den Pareo fallen, den sie bis dahin locker um die Hüften geschlungen hatte, und glitt vom Beckenrand in den grünblauen Pool.

Er folgte und schwamm schweigend drei oder vier Runden neben ihr durch das Becken. Sie war schnell, ihre Bewegungen waren kräftig und verrieten tägliches Training. Unvermittelt drehte sie sich um und paddelte vor ihm auf der Stelle wie ein junger Hund. Jetzt sah er, dass ihre Augen graugrün waren, dass sich erste feine Fältchen an den Augenwinkeln zeigten, dass ihre weiche Unterlippe ein wenig zu schmal geraten war.

Sie lachte laut. «Gefällt dir, was du siehst?»

«Sehr. Doch. Es ist absolut okay.»

«Schön. Denn wir haben die erste Nacht nur für uns. Ich habe als Gastgeberin sozusagen *das Recht der ersten Nacht*.» Ihre Stimme klang wie das Schnurren einer Katze. Sie tauchte knapp vor seinem Körper ab, strich dabei mit den Handflächen über seine Brust und seinen Bauch und umfasste die verräterische Erektion, die auch unter der knappen Badehose nicht zu verbergen war.

«Zufrieden?», dachte er. «Funktioniere ich, wie ich soll?»

Dann schnellte sie mit einem Satz vor ihm aus dem Wasser hoch, schwamm zur Treppe, ohne sich zu vergewissern, ob er auch den Pool verließ. Das schien sie vorauszusetzen. Neben den Sonnenliegen lagen mehrere Handtücher, die er zuvor gar nicht bemerkt hatte. Lässig warf sie ihm ein rotes zu, schlang sich selbst ein buntes um die Hüften und winkte ihm zu, ihr zu folgen.

Ihr Schlafzimmer wirkte wie eine opulente Bühnendekoration in Rot und Gold. «Ziemlich barock», murmelte er fast schon in Erwartung eines Tadels. Doch zu seinem Erstaunen ging sie in das Badezimmer, das an das Schlafzimmer anschloss. «Komm zu mir», lockte sie und zog ihn mit in die geräumige Duschkabine, wo sie ihm unter dem breiten, weichen Strahl des heißen Wassers die Badehose abstreifte. Sie drückte ein herb duftendes Duschgel aus einer großen Flasche über seine Schultern und seinen Rücken und schäumte ihn damit ein. Ihre Finger waren fest. Sie streichelte nicht, sie massierte seinen Rücken, umfasste mit beiden Händen seine Hinterbacken, schob die Handflächen darunter, spreizte die Backen und fuhr mit den seifigen, geschmeidigen Fingern durch die Spalte. Sein Penis bäumte sich auf, und er zog scharf die Luft ein.

«Das gefällt ihm. Jaah, ich spüre, wie sehr es ihm gefällt.»

Er war nicht in der Lage zu antworten. Es bedurfte aller Konzentration, bei dieser erregenden Massage einer ihm unbekannten Frau nicht sofort loszuschießen. Von seinem Schweigen unberührt, drehte sie ihn zu sich hin und widmete sich seinem besten Stück, wusch und rieb es sanft, schob die Vorhaut zurück, strich mit den Fingerspitzen über seine Hoden.

Gerade als er meinte, es keine Minute länger aushalten zu können, brach sie ab, um sich unter seinem Blick mit betont lasziven Bewegungen zu waschen, was seine Lust wach hielt. Um auch etwas zu tun, beugte er sich zu ihr, küsste sie auf den Mund und umkreiste mit den Daumen ihre harten Nippel, die noch mehr anschwollen. Sie griff seine rechte Hand und führte sie zu dem dunklen Gekräusel zwischen ihren Beinen, auf dem kleine Schaumbläschen zu sehen waren.

«Sag mir, wo wir es tun wollen. Gleich hier? In der Dusche? Willst du das?» Er wollte nicht länger warten. Er *konnte* nicht länger warten.

Doch schon stieg sie aus der Dusche, rieb sich flüchtig mit dem Handtuch vom Pool ab und zog sich danach ein knielanges rotes Seidenhemdchen über. Dann beugte sie sich über den Rand der weißen Marmorbadewanne, warf das Hemdchen wieder hoch, sodass es sich über Taille und Hüften kräuselte. Sie bot ihm ihre nackten Hinterbacken dar, hob den Kopf und sah in den Spiegel, der statt Kacheln über der Badewanne hing und fast den gesamten Raum spiegelte. «Jetzt fick mich von hinten und schau uns dabei zu. Im Spiegel.»

So unnahbar sie auf den ersten Blick wirkte, so schwanzgeil war sie in Wirklichkeit. Hier zeigte sie ihm ihr wahres Gesicht, und das erregte ihn maßlos. Sein Schwanz kam ihm ungewöhnlich groß vor. Mächtig. Gewaltig. Und diese Frau wollte ihn.

«Jaime! Los!» Sie beugte sich weiter vor und hob ihren Arsch noch ein Stück höher.

«Du willst es so», raunte er heiser. Er stieß hart in

sie hinein. Alles auf einmal. Sie erwartete ihn, war offen, nass und angeschwollen.

Irgendetwas ging mit ihm durch. Er rammte und stieß in die weiche, heiße Möse vor ihm, deren Besitzerin nicht zurückschreckte, sondern jeden Stoß stöhnend und wimmernd entgegennahm, ihn dabei aber im Spiegel keine Minute aus den Augen ließ und alles verfolgte. Er hielt sich an ihren Hüften fest, während sie ihre Hände um den Wannenrand krallte, um ihnen beiden die Standfestigkeit zu geben, die für diesen wilden und hemmungslosen Akt nötig war. Als ihre Schreie sich veränderten und er spürte, wie ihn ihr Orgasmus noch enger und tiefer in ihr Innerstes hineinzog, war es mit seiner Beherrschung vorbei. Es zog sich in seinen Lenden zusammen. Nach zwei weiteren kräftigen Stößen spritzte er in sie hinein. Dann verharrten sie eine Weile still.

Langsam richtete sie sich auf, ihn noch immer im Spiegel betrachtend, Triumph in den Augen. Sie lehnte sich mit dem Rücken an seine Brust. Ihr Scheitel berührte ihn knapp unterhalb der Kehle. Sein Herz raste. Sein Körper war immer noch wie elektrisiert. Sie nahm ihn bei der Hand, und er folgte ihr wie ein Hündchen ins Schlafzimmer.

Die Decke des breiten Bettes war in der Zwischenzeit zurückgeschlagen worden. Auf einem Beistelltischchen stand eine Platte mit Tapas und eine geöffnete Flasche Champagner neben zwei gefüllten Gläsern.

Jaime wollte nicht wissen, wer im Zimmer gewesen war, während er sich mit der Hausherrin im Bad vergnügt hatte. Er verdächtigte Alejandro, denn er meinte, im Spiegel einen männlichen Schatten wahrgenommen zu haben, als er in der überquellenden Möse der Gastgeberin sein Vergnügen fand.

Nora betrachtete den schlafenden jungen Mann, der nackt neben ihr auf dem Bett lag, Arme und Beine ausgestreckt. Wie zur Folter aufs Rad gebunden oder ans Kreuz. Sein Penis, zart, seidig und kleiner als vorhin, wirkte jetzt schutzbedürftig. Alle Kraft war gewichen. Die Vorhaut umschloss die Eichel nicht ganz. Wie unentschlossen lugte die kleine Kerbe und das samtige Loch unter den dunklen Falten hervor. «Wie die Schnecke im Gedicht von Christian Morgenstern», dachte Nora. «Soll i raus aus dem Häusle? Soll i net raus aus dem Häusle?»

Leise und vorsichtig, weil sie ihn nicht wecken wollte, erhob Nora sich vom Bett. Sie ging in ihr Atelier und kehrte kurz darauf mit einem Skizzenblock und einem Päckchen Kohlestifte zurück. Es erinnerte sie an ihre Kunstausbildung, als die Studenten klassische Posen zeichneten und sich mit diversen Techniken quälten, um die Muskel- und Knochenstruktur des menschlichen Körpers darzustellen. Schon damals hatte es ihr viel mehr Freude bereitet, Zeichnungen von leibhaftigen Modellen anzufertigen als von Statuen.

Als Jaime eine halbe Stunde später erwachte, lagen bereits mehrere Blätter mit Aktskizzen auf Bett und Boden verstreut, auf denen er ganz deutlich zu erkennen war. Im Zentrum eines jeden Blattes war es sein ruhendes oder voll erigiertes Glied, das seinerseits den Betrachter aus seinem Zyklopenauge zu beobachten schien. Die Skizzen vibrierten vor erotischer Energie. Nora fieberte geradezu danach, sie zu vervollständigen und schließlich in Öl zu fertigen. Die Idee einer Masturbationsszene, in der Jaime seinen hoch erregten Schwanz in der Hand hielt, stand ihr ganz deutlich vor Augen. Sie wollte die wenigen Sekunden vor der Explosion festhalten, die Faszination und Konzentration zugleich.

«Ich konnte einfach nicht widerstehen.» Nora lachte entschuldigend. «Reine Verlockung», murmelte sie und schmunzelte, als sich das Objekt ihrer Begierde beim Wort «Verlockung» zart rührte. Mit der Spitze des Kohlestiftes drückte sie ihren Liebhaber sanft zurück auf das Laken, umfuhr die Umrisse seines sich langsam aufrichtenden Gliedes abwechselnd mit dem Kohlestift und den Fingerkuppen. Sie zeichnete die dunkle Haarlinie nach, die sich, einer Narbe gleich, zwischen Bauchnabel und Schambehaarung entlangzog, sich oberhalb des Nabels verlor und erst in Brusthöhe wieder breit gefächert zeigte. Doch schon bald war ihr dies Streicheln zu harmlos. Zumal sie ja sah, wie sehr es ihn erregte.

So rasch, dass er erst gar nicht begriff, was sie tat,

rieb sie ihre Hände mit einem Gleitmittel ein, das bei den Sektgläsern auf dem Tischchen neben dem Bett stand. Sanft rieb und massierte sie seinen aufgerichteten Penis. Seine Hände umfassten ihre Hüften, wahrscheinlich weil er meinte, auch etwas für sie tun zu müssen. Doch Nora beschwichtigte ihn. «Lehn dich zurück und genieß einfach nur. Schließ die Augen und konzentrier dich auf deine Empfindungen.»

Er hatte kurz Martins Stimme im Ohr, die ihm wieder versicherte, dass nichts Perverses geschehen würde. So beruhigt, atmete er tief ein und aus und überließ sich Noras kundigen Händen.

Mit der linken Hand umgriff sie den Schaft an der Wurzel und zog dabei die Haut sanft nach unten. Nun griff sie mit der rechten Hand zu, nicht zu fest und nicht zu locker, und strich den Schaft entlang aufwärts. Mit beiden Händen wiederholte sie dies immer und immer wieder, wobei sie abwechselnd mit der einen Hand aufwärts und mit der anderen abwärts strich. Dabei fiel sie in einen geschmeidigen Rhythmus, der ihr Opfer immer mehr in den Wahnsinn trieb. Mit Adleraugen beobachtete sie jede Veränderung an Jaime, um ihn ja nicht zu schnell kommen zu lassen. Nora spürte, wie sie selbst dabei immer erregter wurde. Nichts fand sie so erregend, wie Macht über die Lust eines Mannes auszuüben. Macht über den Schwanz eines jungen, gut aussehenden Kunststudenten zu haben, dessen Eichel rot pulsierte, dessen Zehen sich lustvoll ins Laken krallten. Lange würde er wahrscheinlich nicht mehr durchhalten, wenn sie nicht sofort etwas änderte. Abrupt zog sie ihre Hände von ihm fort.

«Was ist los?» Verwirrt öffnete er die Augen.

«Du bringst es selbst zu Ende.»

«Wie?» Er schüttelte den Kopf.

«Wie du es immer machst, wenn du masturbierst. Doch diesmal darfst du mir währenddessen zuschauen, wie ich es mir mache.»

Ehe er sich's versah, lag sie in die Kissen zurückgelehnt, die Beine für ihn gut sichtbar gespreizt. Sie tauchte langsam zwei Finger in ihre nasse Muschi und rieb dabei mit dem Mittelfinger der anderen Hand die Klitoris.

«Zier dich nicht so. Ich will dir nur dabei zusehen, wie du dir einen runterholst. Ist das so ungewöhnlich?»

Er gehorchte, anfangs noch zögernd. Nahm seinen Schwanz in die Hand, rieb die Spitze, zog die Vorhaut über die Eichel vor und zurück. Seine Augen waren auf die feucht glitzernde Möse vor ihm gerichtet, in der zwei Finger mit aufreizender Langsamkeit eintauchten, wieder fast ganz herausgezogen wurden und wieder hinabtauchten. Endlich hörte er auf, zu denken und zu analysieren, was er hier tat. Was tat er schon? Sex gehörte zu den elementaren und einfachen Dingen des Lebens. Er holte sich vor den Augen einer reichen und flippigen Lady einen runter, wie sie es gerade genannt hatte. Und er wurde sogar fürstlich dafür bezahlt. Was konnte er sich mehr wünschen?

«Jetzt spritz ab! Auf meinen Bauch und auf meine Brüste!», lockte sie.

Laut stöhnend gehorchte er. Sie verrieb sein Sperma auf ihrem Leib und ließ es dort.

Später am Abend fuhr sie mit Alejandro und Jaime zur alten mallorquinischen Windmühle bei Bunyola, in der ein deutscher Sternekoch gemeinsam mit seiner Frau ein Feinschmeckerlokal betrieb. Hier boten sie den Gästen nun eine exquisite mediterrane Küche mit mallorquinischen Produkten wie Olivenöl aus Sóller und Weine aus Santa-Maria-Binissalem.

Obwohl Alejandro einen Tisch in der Mühle reserviert hatte, entschlossen sich die drei, im windgeschützten Patio zu sitzen, der am Abend ausschließlich von Windlichtern beleuchtet wurde. Die Tische waren mit Leinendecken in Gelb und Blau eingedeckt. Auf jedem standen frische Blumen und blühende Zweige in schmalen Tonkrügen. Die Kristallgläser und das Silber funkelten im edlen Kontrast zum rustikalen Ambiente der Mühle und des aus grob gehauenen Steinen gemauerten Patios.

Die meisten der Gäste zogen es vor, im Restaurant zu speisen, sodass Alejandro, Jaime und Nora fast ungestört draußen saßen. Nur ein offensichtlich frisch verliebtes Paar flüsterte halb versteckt hinter einem Stützpfeiler und nahm um sich herum nichts wahr.

«Ist das nicht ein faszinierendes Plätzchen?» Alejandro rückte Noras Stuhl zurecht und berührte dabei wie unabsichtlich ihren Nacken.

«Kaum zu glauben, dass ich noch nie hier war», meinte sie und lächelte ihn an. «Es war eine gute Idee von dir, hierhin zu kommen.» Kaum dass sie Platz genommen hatte, ließ sie noch einmal ihren Blick schweifen, um alles genau aufzunehmen. Ihre Finca war noch lang nicht so eingerichtet, wie sie es gern gehabt hätte. Und so sammelte sie überall Anregungen, wo immer sie welche fand.

«Langsam wird es schwierig, kurzfristig einen Termin zu bekommen. Demnächst muss man wohl an Weihnachten für Ostern reservieren.» Alejandro blickte Jaime fragend an. «Gefällt es dir hier?»

Jaime nickte.

Als kurz darauf der Aperitif serviert wurde und sie die Bestellung beim Chef persönlich aufgaben, stieg Nora erneut Jaimes Duft in die Nase. Sie wollte ihn noch auf ihrem Körper bewahren und hatte aufs Schwimmen und Duschen für heute verzichtet. Sein Sperma haftete noch an ihr.

Über den Tisch hinweg lächelte Jaime sie an, als könne er ihre Gedanken lesen.

Drei

Erschöpft und außer Atem fiel Patricia in ihren Sitz. Sie schloss die Augen und zwang sich, langsamer zu atmen. Vom kurzen Sprint durch die Abflughalle hatte sie Seitenstechen.

Sie hatte sich ein Taxi nehmen wollen, aber Carl hatte darauf bestanden, sie selbst zum Flughafen zu fahren. Wahrscheinlich, um bis zur letzten Minute an ihr herumzunörgeln. Es war mittlerweile unmöglich, bei ihm Schikane von Fürsorge zu unterscheiden. In letzter Zeit wurde er immer unausstehlicher. Sie erwog stundenweise ernsthaft, sich scheiden zu lassen, hatte die finanziellen Auswirkungen bereits durchgespielt, aber konnte sich letztlich doch noch nicht für diesen Schritt entscheiden. Sollte man zehn Jahre Ehe so rasch beiseite schieben? Konnte man nicht doch noch einmal das Ruder herumreißen, die Ursache für die Unzufriedenheit, die auf beiden Seiten herrschte, herausfinden und aus dem Weg räumen?

Und nach einer Scheidung? Was kam dann? Sie wäre wieder auf dem Markt. Sozusagen. Und diese Vorstellung gefiel ihr nicht sonderlich.

Es war doch zweifellos etwas ganz anderes, sich gemeinsam mit den Freundinnen für eine Woche einen oder mehrere Lover zu engagieren, als auch nur einen einzigen ernsthaft in Frage kommenden Kandidaten für eine neue Beziehung zu suchen. Um Himmels willen! An was man dann wieder denken musste und sich gewöhnen sollte.

Nein. Ganz klar: Nein. Sie hatte dazu keine Lust und tatsächlich auch überhaupt keine Zeit. Der Beruf fraß sie auf. Möglicherweise fand sich dort das Problem, das ihre Ehe belastete.

Carl hatte sie auf den letzten Drücker zu Flughafen gefahren und sich beklagt, weil Patricia für eine Woche auf die Schönheitsfarm fuhr. «Du warst doch gerade mit deinen Freundinnen auf so einer – Farm. Das ist doch noch kein halbes Jahr her. Oder liege ich da falsch?» Er hatte sie von der Seite angesehen, die Hand vom Lenkrad genommen, um ihr zart über die Wange zu streicheln. «Außerdem hast du es überhaupt nicht nötig. So, wie du aussiehst. Was bei deinem Arbeitspensum schon an ein Wunder grenzt. Wozu schon wieder dieser Schönheitstrip?» Er wich einem ausscherenden Lastwagen aus. «Oder steckt etwas anderes dahinter?»

Irritiert und ein wenig schuldbewusst hatte sie Entrüstung geheuchelt. Jetzt bloß keinen Fehler machen.

In der Abflughalle wurde bereits ihr Name ausgerufen und eine aufgerüschte Naomi stand schmollend, von einem hochhackigen Pumps auf den anderen tretend, neben einer vorwurfsvoll blickenden Groundhostess.

«Ich dachte schon, Sie kommen nicht mehr.» Naomi klang wie Patricias zehnjährige Nichte, wenn die ihre Tante um neue Kleider für ihre Glitzerbarbie anbettelte: nervtötend.

«Jetzt bin ich ja da. Wir können starten.» Sie lächelte eisig, griff nach der Bordkarte, schnickte mit den Fingern in Naomis Richtung und setzte sich erneut mit Stakkatoschritten in Bewegung. Mit einem Blick auf die aufgebrezelte Kosmetikerin, die hier und jetzt so ganz anders aussah als in ihrem Schönheitssalon, wo sie dezent geschminkt und im weißen Kittel auftrat, hatte Patricia blitzschnell erkannt, dass sie ihre Einladung bereuen würde. Welch sentimentaler Wahn hatte sie nur gepackt, als sie Naomi vom Treffen auf Mallorca erzählt hatte? Die Freundinnen würden sie für diese Tat büßen lassen. Und Alejandro! Er ließ sich nicht gern das Zepter aus der Hand nehmen. Das hatte er sie schon am Telefon merken lassen, als sie ihm mitteilte, dass sie nicht allein anreisen würde. Hoffentlich wurde die kommende Woche nicht in einziger großer Flop.

Noras Finca ähnelte einem Chamäleon. Seit die Besitzerin sich entschlossen hatte, ein kleines und ausgesprochen exklusives Hotel daraus zu machen, wandelte das alte Gemäuer permanent seine innere und äußere Gestalt und blieb doch dabei das alte charmante Gut auf dem Land. In jeder Ritze und Fuge steckte geschichtsträchtiges Gestein und der Staub vergangener Tage. Um nichts in der Welt durfte dieser Zauber durch Technik und Komfort zunichte gemacht werden. Trotzdem wollte Nora keineswegs auf Fortschritt und Annehmlichkeit verzichten. So war es also ein ständiger Balanceakt und erforderte sozusagen diplomatisches Geschick, um Alt und Neu erfolgreich miteinander zu vermählen.

Die vier Freundinnen standen in Noras privatem Wohnzimmer, nippten an ihren Cocktails und betrachteten den großen Raum, den Nora vor kurzem umgestaltet hatte. Aus dem ehemals streng in Weiß und Rot gehaltenen Zimmer war nun ein gemütliches Refugium in sanften Herbsttönen geworden.

«Hast du das selbst gemalt?» Kathrin wies auf die Wand, die in Trompe-l'œil-Technik den Blick durch ein Fenster auf einen gegenüberliegenden Olivenhain vortäuschte.

«Ja. Darauf bin ich richtig stolz, weil es eine höllische Arbeit war.»

«Perfekt, kann ich da nur sagen. Ich wünschte, ich wäre auch so begabt.»

Wie auf Kommando drehten sich die Freundinnen zur Tür, wo Naomi in einem tief ausgeschnittenen pinkfarbenen Seidenkleid, das sich eng um ihre Figur schmiegte, stand und voller Bewunderung die dunklen Augen aufriss. Der Schimmer des edlen Stoffes betonte Naomis gebräunte Haut. Erneut bereute Patricia ihren spontanen Entschluss und glaubte zu wissen, dass ihre Freundinnen sie just in diesem Moment am liebsten erschießen wollten.

«Herzlich willkommen.» Kathrin hob mit ausdrucksloser Miene ihr Glas.

«Kommen Sie und trinken Sie einen Cocktail mit uns.» Nora nahm ein gefülltes Glas vom Tablett. «Wir haben schon einen kleinen Vorsprung.»

Liliann betrachtete Naomi unverblümt, als wollte sie jedes noch so kleine Detail mit einer mikroskopischen Kamera festhalten. Klick. Klick. Klick. Was hatte Patricia sich dabei gedacht? Langsam schlenderte sie zur langjährigen Freundin hinüber und zischte ihr ins Ohr: «Wirst du langsam senil? Die da ist eine Raubkatze. Raub – Katze!»

«Eben», meinte Patricia cool. «Ich dachte, sie wäre gerade die Richtige für dich.»

«Pah. Du hast ja keine Ahnung.»

«Wovon hat sie keine Ahnung?» Nora gesellte sich mit der Raubkatze im Schlepp zu ihnen.

«Ach, ich erwähnte gerade Raul Wolfe. Wir sind doch gestern mit ihm hergeflogen. Der Mann ist ein Erlebnis, sage ich euch. Sein wirkliches Charisma kommt auf der Leinwand gar nicht so rüber.»

«Jaah, am liebsten hätte Liliann ihm die Toilette im Flugzeug gezeigt und dort eine Begehung mit ihm gemacht.» Kathrin zwinkerte Liliann zu.

«Blödsinn.»

«Na, deine lüsternen Blicke ließen nur eine einzige Interpretation zu.»

«Du denkst auch wieder nur an das eine.»

«Warum sind wir sonst hier?»

«Sie sind mit Raul Wolfe geflogen? Wow!» Naomi riss wieder die Augen auf. Diesmal wollte sie wohl Ehrfurcht ausdrücken. «Den würde ich für mein Leben gern mal kennen lernen. Ich werde sofort schwach, wenn er lächelt und sich diese niedlichen Grübchen in seinen Mundwinkeln zeigen. Der ist doch zum Fressen!»

«Tja, Pech.» Liliann gelang es kaum, ihr hämisches Grinsen zu kaschieren.

«Die Herren wären dann so weit. Sie haben ihre Anweisungen bekommen und warten im Wellnessraum.» Alejandro war unbemerkt ins Zimmer gekommen. «Wenn ich die Ladys also bitten dürfte?» Er wies zur Tür wie ein Butler feinster englischer Schule.

Die Raubkatze sah sich verunsichert um. «Was kommt jetzt?»

«Jetzt kommt der angenehme Teil des Abends», schnurrte Nora. «Kommen Sie mit und lassen Sie sich überraschen.» Sie legte sanft die Hand auf Naomis Arm. «Wenn es Ihnen nicht gefällt oder Sie langweilt, können Sie sich jederzeit auf Ihr Zimmer zurückziehen oder sich vom Chauffeur nach Palma fahren lassen.»

«Aha.» Naomi schlich unsicher hinter dem kleinen

Trupp her. Witternd blähten sich ihre zierlichen Nasenflügel. Ihr Körper war zum Sprung bereit.

In einem mit roséfarbenem Marmor ausgestatteten Ruheraum vor der Sauna, dem so genannten Wellnessraum, standen vier junge Männer in weißen Bademänteln. Ihre Namen – Jaime, Luis, Diego und Paco – waren auf die kleinen Brusttaschen der leichten Bademäntel gestickt.

An den Wänden des Raumes standen dick gepolsterte Liegen, kleine Tischchen mit Grünpflanzen, ein Hocker, der einem Fahrradsattel ähnelte, und eine Art Barwagen, auf dem diverse Flaschen und Utensilien verteilt waren, deren Inhalt und Bedeutung nicht gleich zu erkennen war. In einer Ecke plätscherte ein hoher Brunnen, dessen Wasser sich über drei Etagen in ein mit Halbedelsteinen ausgelegtes Becken ergoss. Aus winzigen Lautsprechern erklang leise Musik. Über allem schwebte eine kaum wahrnehmbare Brise, eine Mischung aus Lemmongrass und einer warmen, vanilleähnlichen Beigabe, die mit animierenden unsichtbaren Nebeln alles umhüllte.

Als die Frauen den Raum betraten, verstummten die Männer. Ihre Blicke verhakten sich kurz mit denen der Frauen. Jaime versuchte mit einem raschen Blick die Gastgeberin, die ihm ja nur zu gut bekannt war, mit ihren Freundinnen zu vergleichen. Nora gefiel ihm recht gut. Die Rothaarige war ihm zu kräftig, die Blonde hatte kalte Augen, wie ihm schien, und die zierliche Dunkle war ihm zu knabenhaft und erinnerte ihn an seine kleine Schwester. Die mit der Vollmilchhaut, die ein wenig zu stark geschminkt war, hingegen … sie war auf jeden Fall einen zweiten und dritten Blick wert.

Alejandro trat mit einer flachen roten Schale in die Mitte des Raumes und forderte Jaime, Diego, Paco und Luis auf, je einen der darin enthaltenen vier Würfel herauszunehmen. Danach nahm er eine zweite Schale, in der sich fünf Würfel befanden, und forderte diesmal die Frauen auf, je einen der Würfel herauszunehmen.

Die Würfel entpuppten sich als kleine Schachteln. Als sie geöffnet wurden, kamen kleine goldene Figuren ans Licht, die jeweils ein Liebespaar in kamasutragleicher Umarmung zeigten. Lediglich Diego und Kathrin fanden eine einzelne Figur in ihrem Würfel. Doch die ließen sich ineinander stecken. Katrin trat dicht an Diego heran, führte seine Hand, mit der er seine männliche Figur hielt, langsam und verführerisch an die Spalte ihrer Figur und vereinigte beide miteinander.

Der goldene Spalt zwischen den Schenkeln erwartete die heilige Kerze, die mit Verehrung das Licht in ihr zündete.

«Ein bisschen wie Glückskekse essen. Beim Chinesen», kicherte Liliann. «Also Kathrin, du bist zuerst dran.»

Die Frauen setzten oder legten sich auf die Liegen. Alejandro trug den ungewöhnlich aussehenden Hocker in die Mitte, sodass er von allen gut zu sehen war. Die drei Männer führten auf Alejandros leises Kommando Diego zu dem Hocker, er setzte sich bereitwillig hin. Die Sitzfläche glich einem ledernen Fahrradsitz. Vorher hatte man ihm den Bademantel ausgezogen, sodass er den begierigen Blicken der Anwesenden nackt preisgegeben war. Kathrin stand in seiner Nähe und sah, wie sich seine Härchen auf Armen und Beinen aufstellten. Sein Glied zuckte und hob ein wenig den Kopf, als wollte es sehen, was nun passierte.

Wieder raunte Alejandro ein leises Kommando. Die Männer trugen eine Schale mit warmem Wasser heran. Sie ließen aus weichen Schwämmen die angenehm temperierte Flüssigkeit von Diegos Schultern über seinen nackten Körper hinablaufen, nahmen duftende Seife hinzu, schäumten und rieben sanft in kreisrunden Bewegungen über seinen Oberkörper. Dann wurden Füße, Beine und Schenkel gereinigt. Die seifigen Hände deuteten dem Mann aufzustehen, damit die flinken Finger nun um die Pobacken kreisen und in den Spalt dazwischen fahren konnten, sie glitten bis vor zu den Hodenbällchen, die sich rund und fest präsentierten. Diegos *heilige Kerze* leuchtete. Die Männer waren eifrig bei der Sache. Zwei Hände fassten den Penis und massierten sanft die Spitze, zwei Hände griffen den Schaft an der Wurzel, drückten dort und rieben, zwei Hände entblößten seine Lust, schoben die Haut zurück und legten sein Begehren frei. Geschickt wurde gerieben, geknetet, massiert. Auch die kleine Rosette am Po wurde nicht vergessen und erhielt eine rücksichtsvolle, aufregende Behandlung.

Mit gespreizten Beinen, angespanntem Gesicht und halb geschlossenen Augenlidern stand Diego inmitten der Männer und Frauen. Ausgeliefert. Preisgegeben. Doch voller Lust. Er wollte es und konnte es gleichzeitig nicht zugeben. Er ballte die Hände zu Fäusten, sog scharf die Luft ein und hielt den Atem an, als Alejandro vom Tischchen einen fluoreszierenden pinkfarbenen Vibrator nahm, ihn vor aller Augen auf die kleinste Stufe schaltete und ihn Diego dann mit herausforderndem Glitzern in den Augen auf sein intimes Loch setzte und ihn Stück für Stück reinschob. Die Zuschauer hielten den Atem an. Jaime und Luis rieben weiter Diegos seifigen Penis und zupften an den Hoden. Der Schwanz war hart und verriet Diegos Wohlgefallen, und doch fühlte er sich gedemütigt. Trotzdem wollte er mehr spüren, trotzdem sollte Alejandro den Vibrator bewegen, trotzdem wollte er wieder und wieder spüren, wie voll er war.

Alejandro aber trat nun mit einem langen Schlauch heran, aus dem ein breiter warmer Schwall Wasser floss, und spülte die Seifenreste mit fließenden Bewegungen von Diegos Leib. Die jungen Männer ließen von ihm ab, und Diego presste auf das von Paco geflüsterte Kommando hin den kleinen Vibrator wieder heraus. Er war erregt, er musste sich anfassen, er wollte kommen. Doch als er rasch seinen Schwanz greifen wollte, wurden seine Hände blitzschnell zurückgerissen und er erneut gegen den Fahrradsattel gedrückt. Sie trockneten ihn weiter mit weichen Handtüchern ab. Alejandro band Diegos Handgelenke hinter seinem Rücken zusammen.

Er war der rothaarigen Frau im grünen Abendanzug, die mit glitzernden, erregten Augen vor ihm stand, in all seiner Nacktheit so hilflos ausgeliefert, dass er den Kopf senken musste. Für ein paar Sekunden siegte die Scham, doch gleich eroberte sich die Lust das Terrain zurück, und die Blicke von Mann und Frau kreuzten sich, bevor sich Katrin niederkniete und die *heilige Kerze* mit ihren Lippen umschloss. Sie strich sich das Haar hinters Ohr, um den Zuschauern direkten Blick auf ihr saugendes, züngelndes Werk zu gestatten. Die Blicke der anderen machten sie fast genau so an wie die seidige Härte des Schwanzes. Ihr Kopf, Hals und Oberkörper hoben und senkten sich, drehten und wanden sich. Sie wollte Diego verwöhnen und wahnsinnig machen. Doch niemals nahm sie die Hände zu Hilfe.

Nora beobachtete mit zunehmender Erregung die Freundin und erinnerte sich daran, wie Kathrin einmal gesagt hatte, in ihrem Beruf seien ihr Verstand und ihr Mund Handwerkszeug und Waffe zugleich. Dies schien die Freundin nun in ganz anderem Bezug äußerst aufreizend und eindeutig unter Beweis zu stellen.

Doch ihre Lust vor den Augen der Freundinnen und Männer zu befriedigen war nur Vorspiel. Schon bald griff sich Kathrin Diegos Bademantel und legte ihn locker um seine Schultern. Sie selbst war noch so tadellos gekleidet wie zu Beginn der Vorstellung. Lediglich ihr Haar war ein wenig zerzaust und ihre Knie ein wenig nass. Diese blieben das einzige Zeichen für ein eventuell ungewöhnliches Vorkommnis. Äußerlich war Kathrin noch immer die perfekte Anwältin und Managerin: kompetent, eloquent und seriös in einem. Das machte die Vorstellung umso aufregender für die anderen. Ihr verschwörerisches Augenzwinkern und ihr wiegender Hüftschwung straften nun ihr äußeres Erscheinungsbild Lügen. Kathrins Hand lag fest auf Diegos Schulter und dirigierte ihn aus dem Raum. Die lustvollen Blicke der anderen folgten ihnen, bevor die Zurückgebliebenen sich zurück auf sich und ihre Erregung besannen.

Nora wollte noch einmal Jaime vögeln. Er war ihr jetzt vertraut. Sie wollte weitere Skizzen von seinem sinnlichen Körper anfertigen, festhalten, wie er entspannt und ein wenig erschöpft, doch befriedigt auf ihrem Bett ruhte. In ein, zwei Wochen würde sie ihn in Öl malen, und das würde eine ganz besondere Bereicherung der geplanten Ausstellung in Barcelona darstellen. Ein erwartungsvolles Lächeln huschte über ihr Gesicht. So wie Jaime hatte sie noch keiner ihrer Sexpartner inspiriert. Seine erotische Ausstrahlung weckte zugleich die Künstlerin und die Frau in ihr. Sie wollte seine Lust spüren und ihm Lust geben. Hinzu kam eine Art tiefer mütterlicher Gefühle, die ihr absolut neu waren. Sie vereinte dies Triumvirat in sich und fühlte sich befreit, beflügelt und neugierig zugleich. Sie besaß nun eine männliche Muse.

Patricia waren solche Gedanken und Gefühle fremd. Hätte sie Noras Gefühle gekannt, hätte sie die Freundin belächelt, wenn nicht sogar verspottet. Patricia wollte lediglich den häuslichen Frust und die berufliche Anspannung vergessen. Die Szene zwischen Kathrin und Diego hatte sie einfach bloß scharf gemacht. Mehr nicht. Denn genau darum war sie hier. Sie würde jetzt mit zwei Männern vögeln, von denen einer Alejandro sein würde. Den Part des Cowboys würde Paco übernehmen. Wie kurz zuvor Diegos Anus gereizt worden war, ließ ihre heftigsten Phantasien erwachen. Allein die Vorstellung, beide Männer gleichzeitig in sich zu spüren, ließ sie feucht und ungeduldig werden. Ein kurzer Blick zu Alejandro, der ihre Gedanken zu lesen schien, ein Wink zu Paco, und schon verschwanden sie zu dritt, wie heimliche Verschwörer auf der Suche nach einem unglaublich wertvollen Schatz.

Naomi sah den dreien hinterher und blickte zu Liliann hinüber, die Wodka und Eiswürfel in ein Wasserglas füllte.

«Jetzt ist Zeit für etwas Stärkeres. Für dich auch?» Liliann schwenkte auffordernd ein weiteres Glas.

«Okay. Vielleicht hilft es mir, das alles zu verarbeiten.»

«Hast du nicht gewusst, was hier läuft?»

«Nicht im Detail.»

«Aber du hattest schon mal Sex in diesem Leben, oder?», spottete Liliann.

«In letzter Zeit zwar seltener – aber: Ja, ich hatte schon Sex. Allerdings noch nie so.»

«Entschuldigung, aber was wird jetzt von mir erwartet?»

Die Frauen hatten Luis ganz vergessen, der immer noch in seinem Bademantel auf einer der Liegen wartete.

«Nimm dir etwas zu trinken und komm. Wir gehen in den Garten», bestimmte Liliann, und schon ging sie mit raschen, festen Schritten voran, ohne darauf zu achten, ob die beiden ihr tatsächlich folgten.

«Wie findest du das alles hier?» Naomi schlenderte langsam neben Luis her. Ihre Hände berührten sich kurz. Naomi durchzuckte ein Blitz, der sowohl Schreck als Erregung war. Der Abstand zu Liliann, die es offenbar eilig hatte, in den Garten zu kommen, wurde größer.

«Wie soll ich es schon finden?», fragte Luis überrascht.

«Ist das wirklich okay für dich?»

«Was?»

«Na, dass sich Frauen einfach Männer kaufen. Ältere Frauen … jüngere Männer.» Naomi druckste leicht verlegen herum.

«Ältere? Wohlhabende Businessladys bezahlen Männer für Sex. Warum sollte das nicht okay sein? Umgekehrt gibt's das schon lange.»

«Wo bleibt die Romantik? Wo bleibt die Liebe?» Naomi fühlte sich immer noch nicht ganz wohl.

Luis blieb stehen und sah sie durchdringend an. «Das steht nicht auf dem Programm. Romantik möglicherweise. Aber von Liebe ist hier nicht die Rede. Die ist nirgendwo im Vertrag erwähnt. Hier geht es um Sex.»

«Sex.»

«Wofür bezahlst du uns sonst, wenn nicht für Sex?»

«Ich bezahle nichts. Ich wurde eingeladen.»

«Umso besser. Du kannst in den nächsten sechs Tagen den besten Sex der Welt haben. Ohne Risiko und Konsequenzen. Das ist doch geil.»

Naomi blickte tief in Luis' braune Augen. Er stand nun direkt vor ihr. Sie bemerkte ein paar Sommersprossen auf seinen Wangen. Seine Haut war leicht gebräunt mit einem rosigen Unterton. In den Mundwinkeln zeigten sich erste Fältchen. Ohne zu überlegen, was sie tat, schob sie seinen Bademantel auseinander und strich zart mit den Fingerspitzen über die wenigen borstigen Haare, die sich entlang seines

Brustbeins kräuselten. Seine Brust war breit, nicht eigentlich muskulös, doch zum Anlehnen geeignet. Sie neigte etwas den Kopf und drückte die Stirn gegen seine Brust. «Gut. Also werden wir jetzt Sex miteinander haben.» Sie klang betont forsch. «Für den Anfang hätte ich es aber trotzdem gern romantisch. Geht das?»

Sein Schwanz erwachte zuckend zum Leben, doch wenn sie es romantisch wollte, würde er warten müssen. «Ganz wie du willst», raunte er ihr ins Ohr. Der leise Schauer, der sie dabei durchlief, ließ ihn zufrieden brummen. Romantisch also. Warum nicht?

Liliann streckte sich auf dem weichen Polster der Gartenliege. Das leise Glucksen und Schlürfen der Poolpumpe erinnerte sie an Claras Lippen, wie sie an ihrer nassen Möse leckte und ihren Kitzler mit der Zungenspitze erregte, bis er heiß und gerötet zur Größe einer Murmel anschwoll. Claras Duft, süß und scharf zugleich, würzig und erdig in einem, wie ein schwerer Rotwein: Er stieg Liliann in die Nase, als wäre die Geliebte neben ihr, als hätte sie ihr heißes Geschlecht über ihre gierigen Lippen gestülpt und um Erlösung gefleht. Ah, wie sehr sie es liebte, genussvoll Zunge und Finger in Claras nasse Grotte zu schieben. Mal sanft, mal mit festem Druck die weichen Innenwände zu massieren und zu dehnen. Claras Nippel waren ebenso empfindlich wie ihre eigenen. Sie kamen beide schneller, wenn die andere gleichzeitig die Nippel leckte, zupfte und kniff. Eigens hierfür hatte Liliann ganz spezielle winzige Nippelklemmen entworfen, deren Griffe je eine venezianische Karnevalsmaske aus Platin und Rotgold schmückte. Als sie das wertvolle Geschmeide der besonderen Art zum ersten Mal auf Claras steife, rosige Warzen gesetzt hatte, hatte sie der Geliebten neugierig ins Gesicht gesehen. Würden sie die Klemmen schmerzen? Doch Claras Gesicht hatte reine Verzückung widergespiegelt. Danach hatte Liliann ihr die goldene Kette um den Hals geschlungen und sie mit den kleinen Ösen der venezianischen Masken verbunden. Die Kette war kurz und das mit Absicht. Wenn Clara den Hals drehte oder sogar nach hinten streckte, zog sie auch gleichzeitig an den Klemmen und verstärkte den Zug, verstärkte die Lust. Sie hatte Clara sanft ans Bettende gedrängt und sich erneut über die glitschige Grotte gebeugt. Die Schamlippen waren dunkelrot geschwollen, glitzerten vor nasser Erregung, und als Lilianns Zunge den Kitzler anstieß, ächzte die Geliebte: «Ich halte das nicht mehr lang aus.» Das hatte Liliann sich nicht zweimal sagen lassen. Es erregte sie immer wieder aufs Neue, als Einzige diese Macht zu spüren, Clara in einen Rausch der Lust taumeln zu lassen. Ihre Finger tauchten tief in die Scheide, dehnten und massierten, ihre Zunge umflirrte den heißen Kitzler. Als sich das leichte Flattern der Scheidenwände verstärkte, wusste sie, dass die Freundin kurz vor dem Orgasmus war. Da schob sie die auf dem Rücken liegende, zuckende Clara noch ein Stück weiter ans Bettende, sodass ihr Kopf darüber hinausragte und der Nacken nach unten abknickte, was den Zug an den Nippelklammern heftig verstärkte. Die Geliebte stöhnte auf. Noch tiefer schob Liliann Zeige- und Mittelfinger in den süßen Tunnel, massierte den Genuss-Punkt unterhalb des Schambeins, während sie Clara gleichzeitig mit der anderen Hand sanft auf den Bauch drückte. Dies alles geschah blitzschnell. Sich aufbäumend erzitterte Clara unter dem Ansturm des ersten Höhepunktes, dem noch zwei weitere folgen sollten, sie kam und kam. Und sie ejakulierte. Unter wohligem Schnurren hatte Liliann sie danach ausgeschleckt, es dauerte jedoch nicht lang, bis Clara um Gnade und Ruhe gefleht hatte.

«Verdammt!» Liliann öffnete die Augen und schnellte von der Liege hoch. Die Erinnerung hatte ihre Klit pulsieren lassen, hatte ihre Finger an die Schamlippen geführt, hatte sie ihre Nässe spüren lassen. Ärgerlich zog sie sich nackt aus und sprang mit einem perfekten Kopfsprung in den Pool. Langsam aber sicher wurde sie zu einer frustrierten Zicke, die nur noch in Erinnerungen schwelgte. Dafür war sie nicht nach Mallorca geflogen. Dafür hatte sie nicht mit dem international erfolgreichsten Teenieschwarm geflirtet. Dafür hatte sie nicht die erotische Schmuckkollektion entworfen.

Mehrmals durchmaß sie mit schnellen Zügen den

Pool, bis sie sich außer Atem am Rand festhalten musste. Es war höchste Zeit, dass sie ihr Liebesleben wieder in den Griff bekam.

Vier

Nora zog vom Nachbartisch einen zusätzlichen Kaffeehausstuhl heran und winkte ungeduldig den Kellner herbei. Der kleine Emilio, der bereits seit fünfunddreißig Jahren im Café Lirico arbeitete, eilte strahlend auf sie zu.

«Señora¿»

Nora reichte ihm ihre Einkaufstüten, die er mit beflissener Miene in irgendeinem Hinterraum für sie verwahrte. Binnen Sekunden war er zurück und nahm die Bestellungen entgegen. «Tres sandwich de jamon dulce con queso», wiederholte er und eilte davon.

Das Café Lirico war seit beinahe hundert Jahren eine mallorquinische Institution am Placa de la Reina. Fünf Stuhlreihen auf dem Bürgersteig vermittelten dem Gast das Gefühl, auf dem Boulevard einer Weltstadt zu sitzen. Ausgiebig konnte man dem flanierenden Leben zuschauen. Drinnen, im schimmernden Elfenbeinweiß des Innenraums, schien die Zeit stehen geblieben zu sein. Bräunlich verfärbte Fotos, die Straßenszenen aus den Zwanzigern mit

Straßenbahnen und Pferdekutschen zeigten, ließen den Gast glauben, dass die gute alte Zeit des Prätourismus auf Mallorca noch anhielt und jeden Augenblick eine Gruppe nachdenklicher Literaten und schwatzender Künstler hereinkommen würde, um sich an ihren Stammplätzen niederzulassen.

Goldbraun geröstet und warm gebuttert wurden die Sandwiches mit Kochschinken und Käse serviert.

«Ich liebe das Lirico. Hier mischt sich perfekt Altes mit Neuem. Findet ihr nicht auch?» Nora nippte an ihrem Wein.

«Das Sandwich ist göttlich», schnurrte Liliann. «Die einfachen Dinge im Leben sind doch die besten, was?»

«Du musst gerade tönen, wo du doch mit einem goldenen Löffel im Mund geboren wurdest.» Patricia zwinkerte Liliann freundschaftlich zu.

«Wie ist das zu verstehen?» Naomi griff sich mit zwei Fingern die letzte der leicht bitter schmeckenden mallorquinischen Oliven, die auf einem Tellerchen serviert worden waren.

«Die schmecken wohl?» Liliann Augenbrauen erreichten beinahe den Haaransatz.

«Oh. Entschuldige. Ich wusste nicht, dass du noch welche wolltest.»

«Ich wurde nicht nur mit einem goldenen Löffel im Mund geboren, man ließ mir sogar eine entsprechende Erziehung angedeihen», lästerte Liliann.

«Hör auf zu sticheln», Patricia legte die Hand auf

Lilianns nackten Unterarm. «Wir bestellen noch welche. Das ist doch kein Problem.»

Nora gab Emilio ein Handzeichen, der kurz darauf mit einem weiteren Teller Oliven am Tisch stand.

«Kannst du uns mal verraten, warum du so gereizt bist?», wollte Nora wissen. «Du schließt dich aus und verkriechst dich in deinen Schmollwinkel. Lass uns nicht büßen, dass Carla dich verlassen hat.»

«Sie hat mich nicht verlassen! Ihr habt doch keine Ahnung, wie es wirklich war. Euer dämliches, fürsorgliches Getue geht mir entsetzlich auf die Nerven!» Liliann sprang auf und verließ mit geradem Rücken und ohne weitere Erklärung das Café.

«Was war das jetzt?» Naomi schüttelte verständnislos den Kopf.

«Das, meine Liebe, war ein typischer Liliann-Abgang», klärte Nora sie auf.

Patricia zog Lilianns Sandwich zu sich heran. «Will sich das jemand mit mir teilen? Ich habe einen Wolfshunger, was mich nicht weiter wundert. Letzte Nacht habe ich mit Alejandro und Paco mindestens zweitausend Kalorien abtrainiert.» Sie schlug mit einem genussvollen Brummen ihre makellos weißen Zähne herzhaft in das Sandwich.

«Und wie war deine Nacht?» Nora stützte ihr Kinn auf die Hand und beugte sich etwas näher zu Naomi hinüber.

«Nett. Wir haben viel geredet.»

«Nett? Geredet?» Nora und Patricia warfen sich einen raschen Blick zu und fragten sich beide im Stillen, ob sie von der milchkaffeebraunen Beautyqueen veralbert wurden.

Luis hatte Naomi in Noras Wohnzimmer gebracht und sie gebeten, dort auf ihn zu warten. Nach einem Weilchen war er mit einer langstieligen duftenden Rose in der einen und einem Seidentuch in der anderen Hand wieder aufgetaucht.

«Für die bezauberndste Frau, die ich kenne.»

Er überreichte ihr die Rose und verband ihr danach behutsam mit dem Seidentuch die Augen.

«Lass dich führen», raunte er ihr sanft ins Ohr und streichelte ihren Unterarm. «Ich werde ganz vorsichtig sein. Du kannst mir vertrauen.»

«Das ist gut», hatte sie gemurmelt, obwohl sie zu ihrer eigenen Überraschung schon jetzt lieber gesagt hätte: «Säusel nicht rum, sondern fick mich.» Aber sie hatte es sich ja romantisch gewünscht. Das bekam sie jetzt. Selbst schuld.

Er hatte sie in sein Zimmer geführt, das ein bisschen kleiner war. Überall im Raum verteilt brannten Kerzen, und es roch angenehm orientalisch und würzig. Die schwere Tagesdecke war vom Bett abgenommen, und auf dem Kopfkissen lag eine weitere Rose. Wie er das alles in so kurzer Zeit arrangiert hatte, war ihr ein Rätsel. Doch sie war klug genug, nicht zu fragen. Sie war auch klug genug, ihm nicht zu sagen, dass sie durch das dünne Seidentuch durchaus alles sah. Nicht sehr deutlich. Aber sie erkannte die Kerzen, die Umrisse der Möbel in seinem Zimmer und sogar die Rose auf dem Kopfkissen.

Sie stand reglos da wie eine Puppe. Luis kleidete sie Stück für Stück aus, langsam und mit Bedacht. Seine Finger strichen zart über ihre nackte Haut, seine Lippen fuhren ihren Nacken entlang über die Schultern zu ihren Brüsten, die sich ihm entgegendrängten.

«Du bist so süß», murmelte er.

Naomi schwieg und bewegte sich nicht. Stand einfach nur da und ließ ihn gewähren.

Er drückte sie aufs Bett und begann, jede kleinste und geheimste Zone ihres Körper zu erkunden. Er leckte, küsste, schnupperte, streichelte, biss. Am Ende fühlte sie, wie er sie mit seinem steifen Schwanz streichelte. Ein wenig unbeholfen, nicht mehr mit so flüssigen Bewegungen wie zuvor.

Sie streifte das Seidentuch ab, weil sie seinen erigierten Penis sehen wollte. Sie war so heiß und geil, dass sie sich am liebsten auf ihn gestürzt hätte, doch irgendetwas in ihr hielt sie davon ab. Luis hatte ein sanftes, romantisches, beinahe ein jungfräuliches Bild von ihr, das sie nicht zerstören wollte. Also würde es wohl in einer Standardnummer enden. Missionarsstellung. Ein bisschen Geknutsche danach und vielleicht eine Zigarette. Hoffentlich nicht die Frage «Wie war's?» Sie bezahlte ihn ja nicht für die Nacht. Sie war Gast und eingeladen. Daher durfte sie nicht zu viel erwarten. Was Luis wohl erwartete?

Doch schließlich war es überraschend befriedigend und voller Genuss. Zwar tatsächlich in der Missionarsstellung, aber Luis war unermüdlich und von beneidenswerter Standhaftigkeit. Immer wieder stieß er zu, immer wieder schickten seine Stöße Naomi Empfindungen, die sie seit langem nicht mehr gespürt hatte. Schließlich kam sie mit einem Schaudern, von dessen Heftigkeit Luis überrascht zu sein schien. In Anbetracht der Tatsache, dass sie mit Roland seit Monaten keinen Sex mehr gehabt hatte, genoss sie diese Nacht mit Luis umso mehr. Aber das würde sie den Ladys bestimmt nicht auf die Nase binden.

Liliann streifte in Gedanken versunken und ziellos durch die Straßen und fand sich schließlich am Hafen wieder.

Die Sonne hatte ihren höchsten Stand erreicht. Sie spürte den Schweiß in den Achseln, und sie hatte Durst. Das weiße Sonnensegel des Café Dàrsana lockte sie. Die große Terrasse reichte bis ans Wasser. Von dort hatte man einen guten Blick auf die Fischerboote und vereinzelte Yachten.

Sie wählte einen Platz am Wasser. Einer der Kellner balancierte die süßesten Tortenverlockungen zum Nachbartisch.

«Leicht gebräunte Baisertorte, gefüllt mit Quittenmus, Apfelkuchen mit Rumrosinen, dunkler Schokoladenkuchen, Karamelltorte mit Bananenstücken und Schlagsahne¿»

Der charmante, überaus attraktive und stockschwule Kellner schlug ihr eine Verlockung nach der anderen vor, was die Entscheidung immer schwieriger machte. Am Ende entschied sie sich für die Baisertorte mit Quittenmus, dazu *un poco café, pero fuerte y mucha leche*, wenig Kaffee, aber stark, mit viel Milch. Noch vor ein paar Monaten hätte sie sich gnadenlos Kalorien und Fettanteile vor Augen gehalten und diese leichtsinnige Bestellung sofort reuevoll storniert. Doch seit der Zeit mit Carla hatte Essen und Genießen einen ganz anderen Stellenwert in ihrem Leben. Die kleine Speckrolle am Bauch wollte ja ohnehin nicht mehr verschwinden.

«Hi, schön Sie wiederzusehen.» Raul Wolfe, mit schwarzer Sonnenbrille und tief in die Stirn gezogener Baseballkappe getarnt, setzte sich ungefragt auf den freien Stuhl neben Liliann. «Ich wusste schon im Flieger, dass wir uns wiedersehen würden.» Er wies mit dem Finger auf den Kuchenteller, der vor ihr stand. «Aaah, wunderbar. Ich liebe Frauen, die genießen können und nicht nur zwischen Salatblättern und Körnern herumpicken. Darf ich?» Sein verführerischer Redeschwall war nicht zu stoppen. Er wartete auch nicht einmal, bis sich Lilianns Überraschtheit gelegt hatte, sondern schob sich schon genussvoll einen großen Bissen von der Baisertorte in den sinnlichen Mund. Der Mann war eindeutig ein Draufgänger.

«Haben Sie drehfrei?», brachte Liliann endlich hervor.

«Ja. Aber nur heute. Ein paar Stunts klappten nicht wie geplant, sodass sich der Terminplan geändert hat. Also? Was machen wir? Ich habe den Rest des Tages frei.» Mit den Fingerkuppen fuhr er zart über ihren Unterarm und beobachtete lächelnd, wie sich die feinen Härchen aufstellten. In seinen Mundwinkeln zeigten sich genau jene verschmitzten Grübchen, von denen Naomi so schwärmte. «In vier Tagen bin ich wieder in Los Angeles», schnurrte er in ihr Ohr. «Wir sollten den heutigen Tag und die Gunst der Stunde nutzen.»

Sie spürte ein verlockendes Ziehen im Unterleib, das sie schon beim Flirt im Flugzeug verspürt hatte. Lag es an der tiefen rauchigen Stimme, die ihr mit jeder Silbe durch den Leib kroch?

Obwohl ihr Carla nicht aus dem Kopf ging und sie eigentlich keine rechte Lust auf den Sex mit einem Mann hatte, reagierte ihr Körper auf Raul Wolfe. Dass es daran lag, das Raul ein Filmstar war, glaubte Liliann nicht. Schließlich kannte sie bereits einige der Zunft, die meist reich und berühmt und darüber hinaus nur noch selbstverliebt waren. Es sei denn, sie gehörten zu den Depressiven. Die waren auf ihre Psychopharmaka angewiesen oder gerade kurz vor oder nach einem weiteren Sanatoriumsaufenthalt. Nein, Filmstars hatten sie nie sonderlich beeindruckt. Nicht einmal, wenn sie zu ihren besten Kunden wurden. Doch hier, mit Raul Wolfe, lag etwas in der Luft, das vibrierte, heiß und brünstig war und einfach elementar und unausweichlich wie Naturgewalten.

«Gut. Carpe diem, das ist auch mein Motto.» Liliann teilte den Kaffee und Kuchen mit Raul, der sich diebisch freute, noch von niemandem erkannt worden zu sein. Allerdings drehten sich die drei Teenies, die einige Tische von ihnen entfernt saßen, nun schon zum vierten Mal zu ihrem Tisch um und schoben dann tuschelnd die Köpfe zusammen.

«Es wird Zeit, dass wir verschwinden», brummte Raul. «Ist es weit zur Finca deiner Freundin?»

Liliann registrierte seinen Wechsel zum vertraulichen Du. Ein Versprechen? Schon hatten sie auf eine andere Ebene gewechselt. Nicht weiter darüber nachdenken, ermahnte sie sich. In spätestens einer Stunde würde sie mit ihm Sex haben. Alles andere war erst einmal nicht weiter von Interesse. Sie wollte ihn, am besten hier und jetzt.

Das Taxi fuhr mit Liliann und Raul ab, als die Teenies aus dem Café herausstürzten.

«Das war knapp.»

«Das Schlimme an der Popularität ist, dass man immer irgendwelche Gerüchte in der Presse findet. Es wird sofort die nächste Geliebte gewittert. Manchmal zerrt das ganz schön an den Nerven.»

«Armer berühmter Raul.» Lilianns Stimme war reine Schadenfreude. «Hab keine Angst. Ich bin ja bei dir.» Ihre Handfläche fuhr zärtlich über sein rechtes Bein. Seine Haut war natürlich gebräunt, wie es bei

Menschen der Fall ist, die in sonnigen, heißen Ländern leben und sich viel an frischer Luft bewegen. Seine Beine waren kräftig und muskulös. Ebenso seine Arme. Er trug Bermudashorts, die eigentlich niemand tragen sollte, weil sie an jedem unvorteilhaft aussahen, wie Liliann fand. Doch das war ihr im Moment egal. Sie hatte nur Augen für das, was in den Shorts steckte. Ihre Hand wanderte weiter, rieb über seinen Schenkel. Außen hinauf, innen ein Stück hinab. Mit schelmischem Grinsen beobachtete sie, wie sein Schaft sich aufstellte und gegen die Hose drückte.

«Mach weiter», drängte er.

Liliann bemerkte den kurzen Blick des Taxifahrers, der im Rückspiegel zu entschlüsseln suchte, was im Fond vor sich ging.

«Gleich. Nur Geduld. Wir sind gleich da.» Wie um ihre Worte zu bekräftigen, legte sie ihre Hand auf seinen harten Schaft und tat so, als wollte sie seine Lust beschwichtigen, was, wie sie wusste, genau das Gegenteil bewirkte. Darin lag ja der Reiz dieses Spiels. Und sie wusste, dass auch sie darauf brannte, mehr zu spüren als seine Erregung in ihrer Hand.

Noras Jeep stand noch nicht wieder in der Hofeinfahrt. Sie war offenbar noch mit Patricia und Naomi in Palma unterwegs. Shopping bis Sonnenuntergang. Welch ein Glück.

So konnten sich Liliann und Raul unbemerkt ins Haus schleichen.

Kathrin war schon nicht zum Frühstück erschienen und trieb sich wahrscheinlich immer noch mit ihrem Lover im Bett herum. Allerdings fragte sich Liliann kurz, wohin all die anderen Männer verschwunden waren. Machte Alejandro einen Tagesausflug mit denen, die zur Zeit nicht «gebraucht» wurden, damit sie zu Kräften kamen und sich tagsüber für ein paar Stunden entspannten? Doch sie war nicht wirklich an des Rätsels Lösung interessiert. Vielmehr war sie gespannt auf das, was nun mit Raul folgen sollte. Das verräterische Ziehen im Unterleib wurde stärker, allein die Vorfreude ließ sie feucht werden. Sie spürte ihre Nässe im Höschen und wollte genau da seine Finger spüren. Kaum zu fassen. Ausgerechnet ein Filmstar war der erste Mann, der sie seit Carla reizte. Hätte sie das nicht ein bisschen einfacher gestalten können? Warum hatte sie bloß diesen Hang zu Komplikationen? Selbst beim Sex.

Zu ihrer Überraschung trug er einen engen Slip. Was für ein Wunder, dass sein Schwanz sich unter dieser Korsage überhaupt hatte erheben können. Welche Kraft steckte in diesem dicken, kurzen Schaft, der ihr förmlich entgegenfederte, als sie ihn endlich befreite. Kurz schoss ihr der Gedanke durch den Kopf, dass sein Schwanz erfahren aussah. Ja, Rauls Schwanz war in der Welt herumgekommen und hatte sich womöglich in den übelsten Spelunken herumgetrieben und war in den nobelsten Bars verwöhnt worden. Er schien in so vielen Mösen gesteckt zu haben und in so manchem Hintern, dass man ihm nichts mehr vorspielen konnte. Aber er konnte ihr wohl so manches zeigen.

«Sein Schwanz passt perfekt zur rauchigen Stimme», dachte Liliann. Die verschmitzten Grübchen, die sich zeigten, wenn er lächelte, gaben ihm eine jungenhafte Erscheinung und sorgten in ihrer ganzen Unschuld für einen erregenden, fast magischen Kontrast. Im einen Moment Lebemann, im nächsten schon wieder schüchterner Lover.

Bermudas, Hemd, Baseballkappe und Sonnenbrille malten auf den Fliesen mit Lilianns Trägerkleidchen und Höschen ein Stillleben und nahmen symbolisch voraus, was ihre Träger folgen ließen.

Hungrig fielen die übereinander her und torkelten in wilder Umklammerung quer durch die Suite zum Bett, wobei Möbel verschoben und eine Vase umgeworfen wurde. Liliann umfasste Rauls Leib, schlang Arme und Beine fest um ihn, küsste ihn heftig. Als sie in ihrer Erregung sogar die Zähne in seine Schulter schlug, war außer einem leisen Schmerzensschrei nur sein heftiger Atem zu hören. Er küsste und berührte sie mit gleicher Intensität. Ihre Haut wollte immer mehr, wollte ihn überall spüren. Schließlich zog er sie auf sich, trieb seinen dicken Penis endlich tief in sie hinein und ließ sie auf ihm reiten. Schon jetzt hätte Liliann kommen können. Er aber hielt sie an den Hüften, um das Tempo zu steuern, mit ihr zu spielen. Nun hob er den Oberkörper und biss fest in ihre steinharten Brustwarzen. Schmerz und Lust ließen ihren ganzen Körper erschauern. Ein fragender Blick zu ihr, das Erkennen ihrer Bereitschaft und uneingeschränkter Erregung, und schon deutete er ihr, sich zurückzuneigen und sich mit den Händen rückwärts aufzustützen. So veränderte sich der Winkel seiner drängenden Stöße, und er konnte ihre Klitoris berühren, die er geschickt mit dem Daumen rieb. Er war phantastisch. Druck und Lockern, ringsum Reiben. Druck und Lockern und ringsum Reiben, genau wie es Liliann liebte und jetzt brauchte.

Ihre Körperdüfte mischten sich. Das perfekte Aphrodisiakum. Die elektrischen Stöße, die in ihren Unterleib fuhren, kamen ihr wie gleißende Blitze vor, die sie innerlich in Brand setzten. Alles um sie herum verschwamm. Farben, Gerüche und Geräusche mischten sich zu einem ekstatischen Potpourri. Ein sicheres Zeichen, dass sie jeden Augenblick kommen würde. Die Kontraktionen wurden immer stärker, die Hitze schoss ihr Rückrat hinauf – und dann die Erlösung, bis sie nur noch leicht zuckend auf ihm lag.

Bis zum Schluss hatte er unermüdlich vorgestoßen und nichts von seiner Kraft und Stärke eingebüßt. Ohne ihr auch nur einen längeren Moment Zeit der Erholung zu gönnen, drehte er sie nun auf den Bauch, schob ein weiches Kissen unter ihre Brust, hob ihren Po an, und schon stieß er wieder in sie hinein. Diesmal von hinten. Sein Schwanz hatte für Liliann die perfekte Länge. Selbst wenn Raul ihn ungebremst und mit aller Kraft in sie hineinhieb, reichte er gerade bis kurz vor das Tor. Sie konnte schmerzfrei seine Stöße abfedern und erwidern. So wurde der wilde Taumel, der wieder den äußersten Grad der Heftigkeit erreicht hatte, nicht eine Sekunde gestoppt. Es war die pure Lust, sich unter lautem Stöhnen und Forderungen nach mehr einander entgegenzuwerfen.

«Du kannst dir noch einen Orgasmus gönnen. Ich halte durch.» Selbst sein Stöhnen klang arrogant. Aber das war genau, was sie jetzt wollte.

«Sicher?», war alles, was sie herauspresste, bevor sie der nächste Orgasmus emporwirbelte.

Er hielt, was er versprach. Raul genoss es wohl, seine Geliebten zu manipulieren, sie im Bett hin und her zu bewegen, seine Lust an ihnen zu stillen.

Liliann wusste das, doch es machte ihr nichts aus. Dies war die beste Form von wildem, schnellem Sex, die sie mit einem Mann haben konnte. Sie liebte den sanften, quälerischen, genießerisch langsamen Sex mit einer Frau. Mit Carla.

Mit einem Mann wollte sie bei Gewitter auf einem Hexenbesen den Himmel durchpflügen. Todesmutig. Riskant. Gewaltig. Vielleicht auch gewalttätig. Ein bisschen. Mit Raul wollte sie Sex, der sie am anderen Tag mit dem Gefühl erwachen lassen würde, dass kein einzelner ihrer Knochen mehr an seinem Platz war.

Raul zog Liliann ans Ende des Bettes und ließ ihre Füße auf dem Boden Halt finden. Er kniete auf einem Kissen vor ihr und öffnete ihre Beine, wobei er nicht sanft, sondern herrisch vorging, als rechnete er damit, einer widerständigen Jungfrau den Schritt spreizen zu müssen. Seine Lippen umschlossen ihre geschwollene, aufgebrochene Frucht. Saugten das Fruchtfleisch dieser saftigen Aprikose, jede Falte, auch das gepeinigte vorspringende Knöpfchen der Klit. Er umschloss alles mit seinem Mund, hing saugend an ihr. Er legte seine Hände unter ihren Hintern und hob sie seinem Mund entgegen.

Wie Carla in ihrer Küche mit beiden Händen den kleinen Probierteller an die Lippen hebt, um ihre köstlichen Soßen zu kosten, fuhr es durch Lilianns Kopf. Doch dann konnte sie gar nicht mehr denken. Erneut schossen die Blitze und Lichter durch ihren Unterleib. Der nächste Höhepunkt rollte heran, doch diesmal unterbrach Raul sein wildes Mahl im letzten Augenblick und wälzte sich schwer auf das Bett zurück und zog sie mit sich. Ehe sie sich besann, war er über ihr und rammte mit ungeminderter Heftigkeit in sie hinein. Er knurrte und stöhnte. Doch sein finaler Schrei erinnerte an Wolfsgeheul, und sein Sperma ergoss sich köstlich in seine Gespielin.

«Um Gottes willen! Vögelt Liliann einen Werwolf?» Kathrin blieb abrupt im Flur stehen. «Meint ihr, wir sollten sie retten?»

«Ach was. Ich finde, das klingt äußerst erregend.» Nora und Patricia zerstreuten Kathrins Besorgnis, gingen jedoch nicht weiter, sondern lauschten neugierig auf weitere verräterische Töne.

«Lasst uns überlegen. Wir haben eben Diego schwimmen und Paco und Luis am Pool eine Partie Schach spielen sehen. Und Alejandro und Jaime sind uns auf der Straße zur Finca entgegengekommen …» Naomi hob beredt die Augenbrauen. «Wer also ist der Wolf in Lilianns Zimmer?»

«Eine berechtigte Frage», stellte Kathrin, nun beruhigt, fest.

«Sehen wir nach?», fragte Naomi.

Nora schüttelte den Kopf. «Wir beziehen heimlich Posten. Irgendwann müssen sie ja mal wieder rauskommen.»

«Die Sache mit dem Werwolf hat sich aufgeklärt.» Eine tiefe Männerstimme.

Eingerahmt von Liliann und Naomi betrat Raul Wolfe Noras Wohnzimmer, wo die Hausherrin allein vor dem Wandgemälde stand, an dem sie eine Stelle mit Pinsel und grüner Farbe korrigierte. Sie hatte ihren Besuchern den Rücken zugewandt.

«So. Hat es das?» Sie drehte sich nicht um. «Und?»

«Ich bin der Wolf.»

Die Stimme war ihr seltsam vertraut und dann doch wieder nicht. Endlich drehte Nora sich um. Dass sie den Schauspieler erkannte, zeigte sie mit keinem Wimpernzucken, sagte aber: «Ja. Kathrin erwähnte Sie.»

Liliann kannte Nora lange genug, um zu wissen, dass es ihr missfiel, Raul Wolfe im Haus zu haben. Sie hasste Journalisten und wollte eines gewiss nicht: eine Belagerung der Paparazzi.

«Ich fahre Raul rasch zu seinem Hotel. Gibst du mir deinen Wagen?»

«Die Schlüssel liegen da.» Nora wies auf ihren kleinen Sekretär.

«Ich fahre mit. Ich wollte mir sowieso in Palma ein bisschen das Nachtleben zu Gemüte führen», sagte Naomi.

Nora und Liliann tauschten einen kurzen Blick, sagten aber nichts.

«Okay. Dann los.» Das war Raul, der sich rasch noch artig bei Nora für die Gastfreundschaft bedankte und dann zum Aufbruch drängte.

Liliann hatte das Gefühl, gerade eben zur Chauffeurin degradiert worden zu sein. Eine ganz neue Erfahrung. Nur weil diese milchkaffeebraune Mieze aufgetaucht war.

Naomi hängte sich in Rauls Arm, als wäre sie seine engste Freundin, und setzte sich mit ihm auf den Rücksitz von Noras Jeep.

Ein nächtliches Treffen zwischen Alpharaubkatze und dem smarten bösen Wolf schien unausweichlich.

«Wo ist Naomi?» Patricia fand alle Gäste des Hauses um den großen Esstisch versammelt. Selbst Kathrin, die aussah, als hätte sie einen Mordprozess geführt und zehn Tage den Gerichtssaal nicht verlassen, saß am Tisch. Doch die Kosmetikerin fehlte in der Runde.

Alle Blicke wandten sich Liliann zu.

«Ich vermute, die Raubkatze verbringt die Nacht mit dem großen bösen Wolfe.»

«Na, das wird ein Gefauche und Geheule geben …», lachte Kathrin müde. «Wäre doch interessant zu sehen, wer die tieferen Male davonträgt.»

«Ich biete mich gern an, Naomis Wunden zu lecken und zu pflegen.» Jaime grinste süffisant. Luis schoss mit den Augen giftige Pfeile auf ihn ab.

«Das kann ich mir denken. Komm.» Nora schob ihren Stuhl zurück und schnickte gebieterisch und kalt mit den Fingern in Jaimes Richtung. Erstaunt stand er auf und zottelte hinter ihr her.

«Weiß jemand, was der Dame des Hauses über die Leber gelaufen ist?» Liliann sah einen nach dem anderen fragend an.

«Ja.» Alejandro schenkte allen Wein nach und forderte sie auf, doch endlich zu essen. Mehr sagte er nicht.

Der leichte Geruch von Meer mischte sich mit dem Duft von Olivenöl, frischem Schnittlauch, Knoblauch, Ingwer und Butter und dem unvergleichlichen Geruch von gegrilltem Fisch. Das alles nahm die bunte Runde erst jetzt richtig wahr.

Auf dem Tisch standen gebackene Venusmuscheln mit Zwiebeln, gegrillte Jakobsmuscheln mit brauner Butter und Petersilie, Meeresfrüchtesalat, Teighütchen mit Seeteufelfüllung. Auch die gegrillten Sardinen lockten, dass ihnen der Magen knurrte.

Sie wussten, dass eine lange Nacht vor ihnen lag, für die sie gestärkt sein wollten.

«Vielleicht hatte Jaime auch Hunger», frotzelte Luis.

«Ich vermute, er bekommt ganz besondere Austern zu schlürfen. Nora kümmert sich immer perfekt um das Wohl ihrer Gäste.» Patricia ließ sich von Paco eine halbe Jakobsmuschel zwischen die Lippen schieben und wies gierig auf die Venusmuscheln als Nachschub. Ihr Hunger war heute einfach nicht zu stillen.

Diego und Kathrin tuschelten miteinander und nahmen die anderen scheinbar nicht mehr wahr.

Luis schmollte. Keiner wusste warum.

Patricia und Paco fütterten einander.

Liliann trank zu viel und stocherte ohne Appetit in den Meeresfrüchten.

Alejandro spürte, wie ihn das Sodbrennen wieder plagte. Die Säure stieg langsam die Kehle hinauf, und der Wein, so edel er auch war, machte es nur noch schlimmer.

«Entschuldigt mich einen Moment.» Er brauchte seine Säureblocker. Die Packung lag in seinem Badezimmer. Außer Liliann, die ihm flüchtig zunickte, bemerkte niemand, dass er den Speisesaal verließ.

Die Stimmung im Haus gefiel Alejandro ganz und gar nicht. Auch wenn Patricia und Kathrin sich mit ihren jeweiligem Lover zu amüsieren schienen. Nora war für seinen Geschmack zu sehr auf Jaime fixiert. Noch schlimmer aber war, dass sich fremde, äußere Einflüsse breit machten und wie ein heimtückisches Virus andockten.

Naomi war ihm auf den ersten Blick unsympathisch gewesen. So eine machte nur Ärger. Wie man sah, hatte ihn sein Instinkt nicht getäuscht. Alles drohte aus dem Ruder zu laufen. Es musste ihm etwas einfallen, um den alten Zusammenhalt wiederherzustellen, das Gleichgewicht in ihrem Mikrokosmos.

Vor lauter Sorgen und organisatorischem Kram kam er dieses Mal gar nicht dazu, sich so um Patricia zu kümmern, wie es die vergangenen Male der Fall gewesen war. «Das besorgt jetzt Paco», dachte er frustriert, denn er wollte bei allem auch seinen Spaß haben. Das war der Deal.

Fünf

Patricia und Paco hatten es sich auf dem kleinen Balkon vor ihrer Suite gemütlich gemacht. Es waren nur noch wenige nächtliche Geräusche zu hören. Die anderen Bewohner des Hauses schienen bereits zu schlafen.

«Man hat das Gefühl, für ein paar Stunden allein auf der Welt zu sein.» Paco lehnte am schmiedeeisernen Geländer und schaute nachdenklich in den Garten, obwohl es dort nichts Interessantes zu sehen gab. Er trug wieder die Boxershorts, was Patricia amüsierte. Obwohl sie die wildeste Vögelei miteinander genossen hatten, blieb ihm dieses Schamgefühl. Dabei musste er sich wahrlich nicht vor Frauenblicken verstecken. Er besaß breite Schultern, eine schmale Taille, einen ziemlichen Knackarsch und kräftige Beine, die allerdings eine leichte O-Form aufwiesen. Sein Haar war dick, dicht, kinnlang und wikingerblond. Ein Name wie Thor oder Lasse oder Nils wäre passender als ausgerechnet Paco. Gab es keinen spanischen Namen, der zu einem blonden Mann passte?

Paco. Patricia stellte sich unter einem Paco einen kurzbeinigen, vierschrötigen Typen vor, mehr einen Sancho Pansa eben.

Dieser hier, der Wikinger-Paco, besaß zwar einen kräftigen Körper, einen ausdauernden Schwanz und eine gewisse Routine im Bett, doch zugleich auch ein zauberhaftes Schamgefühl, das selbst eine toughe Finanzberaterin dahinschmelzen ließ.

«Wenn ich meine Landschaftsgärtnerei auf Mallorca hätte, würde ich die Pinien da vorn fällen und den Pool bis dort verbreitern», er wies mit ausgestrecktem Arm zum hinteren, unbeleuchteten Teil des Gartens. «Man könnte beim Schwimmen vom Beckenrand aus ins Tal hinabsehen.»

«Schlag es Nora vor. Ich glaube nicht, dass alles auf dem Grundstück bereits seine endgültige Form hat.»

«Meinst du?»

«Nora baut ständig an diesem Haus herum. Beziehungsweise, sie lässt bauen.» Patricia stellte sich dicht hinter Paco. Ihr hauchzarter weißer Seidenmorgenmantel war nicht geschlossen, so drückten sich ihre nackten schweren Brüste gegen seinen Rücken, und sie begann, sie in langsamen, leichten Bewegungen an ihm zu reiben. Ihre Nippel richteten sich sofort auf, wurden hart.

«Was wird das?» Paco lehnte sich mit angewinkelten Armen gegen das Geländer. Rücken und Hintern kamen ihrer Berührung entgegen.

«Wie fühlt es sich an?»

«Gut.»

«Und das?» Sie fuhr mit den Händen um seine Pobacken, die sich unter der Bewegung sofort anspannten. Sie streichelte seine Hüften, strich von hinten mit drei Fingern durch die Furche nach vorn, bis sie seine Hoden schwer an den Fingerspitzen fühlte. Als sie die Finger zurückzog, machte sie einen kurzen Abstecher vorne in die Shorts, um ihn direkt zu drücken und Versprechungen zu verheißen, die vielleicht erst im Morgengrauen wahr würden.

«Aah.» Der Laut klang gequält und bedeutete gleichzeitig «Hör nicht auf».

«Ist es so gut? Ja?» Sie verstand ihn, wusste ganz genau, was er wollte und genoss wieder einmal die Vorfreude auf die erwachende Lust des Mannes. Genoss es, die Lust eines jungen Mannes zu entfachen.

Was hatten die mageren jungen Dinger einem Mann schon groß zu bieten? Junge Mädchen hatten einen strafferen Körper, aber sie brachten keine Erfahrung mit. Mädchen, junge Frauen bildeten sich etwas auf ihre Jugend ein. Die Männer, die sich mit diesen armseligen Brosamen zufrieden gaben, taten Patricia nicht einmal Leid. Eine reife Frau kannte die Finessen der Liebe, der Lust, den köstlichen Reiz des kontrollierten, genau dosierten Schmerzes und vieles mehr.

Junge Dinger besaßen nicht viel.

Einen jüngeren Körper ließ man sich ab einer gewissen Dominanz der natürlichen Schwerkraft eben chirurgisch verpassen und schwupps – schon war man wieder im Vorteil. Vorausgesetzt natürlich, man besaß dafür die finanziellen Mittel.

Ein junger Mann hingegen, wenn er anstellig war, bot einer Frau einen Vierundzwanzigstunden-Service. Ihr Wikinger stellte das gerade wieder unter Beweis. Sein erigierter Riesenschwanz stieß gegen das Balkongitter, als wäre er eingekerkert.

Patricia streifte seine lästigen Shorts bis auf die Knöchel herunter. Als er sich zu ihr herumdrehte, kickte er die Shorts betont forsch zur Seite.

«Bleib so stehen.» Patricia eilte ins Bad und kam gleich darauf mit einem Handtuch zurück, das sie zusammengefaltet hinter seinem Rücken über das Geländer legte, damit er sich dagegen lehnen konnte. Dann ging sie vor ihm in die Knie und nahm ohne große Umschweife seine dicken zwanzig Zentimeter so weit in den Mund, wie es ihr möglich war. Ihre Zunge umschmeichelte die rote Eichel, die ihr deutlich vor Augen stand, weil sie sie erst eine Stunde zuvor kurz vor der Samenexplosion zwischen ihren Brüsten hypnotisiert betrachtet hatte. Sie drückte und knetete jetzt die Hodenbällchen, bis Paco laut aufstöhnte. Sie konnte förmlich spüren, wie die Sahne in ihm aufstieg.

«Ich will keinen Laut hören», zischte sie böse. «Keinen einzigen Laut. Hörst du?» Ihr dominanter Ton machte sie selbst mindestens so geil wie den armen Kerl vor ihr, der fast das Atmen vergaß und dessen Schwanz erschrocken in ihrem Mund zuckte.

Er krallte sich fester an das Geländer, fürchtete wohl, das Gleichgewicht zu verlieren.

Patricia tauchte mit der Nase in sein krauses Schamhaar, das nach Sperma und ihrer geilen Möse roch und nach Meer. Nach Venusmuscheln.

In langen Stößen fuhr er in ihren Rachen. Sein ganzer Körper bebte.

Doch sie gewährte noch keine Gnade und löste sich von ihm. Noch immer auf Knien drehte sie sich um und reckte ihm ihren Hintern entgegen. Rasch zog sie ein Kissen vom Balkonstuhl und schob es unter ihre Knie.

Einen kurzen Moment war er irritiert und wusste nicht, welchen Eingang sie ihm bot.

«Fick mich. Siehst du nicht, wie meine Möse tropft?»

Damit war die Entscheidung gefallen. Er kniete nieder und schob seinen steifen, langen Rüssel langsam in Patricias unersättlichen Krater. Die Erkenntnis, dass er sich in letzter Sekunde so beherrscht hatte und nicht in ihrem Mund gekommen war, verlieh ihm einen weiteren Kick, der ihn schweigend, ohne auch nur den leisesten Laut von sich zu geben, stoßen und schieben ließ, was das Zeug hielt. Vollkommen stumm nahm sie jeden seiner Stöße entgegen, als wollte sie für ihre gierige Lust Buße tun.

Endlich. Er fühlte, wie sich ihre Scheidenmuskeln voller Erregung verkrampften. Sie atmete heftiger und hielt sich am Rahmen der Balkontür fest. Zweimal noch stieß er mit aller Kraft zu, dann pumpte er noch den allerletzten Tropfen in sie hinein. Gleichzeitig sackten sie auf den Fliesen zusammen. Paco sank halb auf Patricia und tastete nach seinen Knien.

«Verdammt. Ich blute!»

Patricia eilte in die Küche und kam kurze Zeit später mit Desinfektionsspray, Salbe und Pflaster zurück. Sie fand Paco auf dem Hocker im Badezimmer.

«Eigentlich sollte in jedem Zimmer ein Erste-Hilfe-Kasten sein», schimpfte sie, während Paco ihr seine geschundenen Knie präsentierte.

«Autsch. Das Zeug brennt höllisch.»

«Da sieht man es mal wieder: Kein Genuss ohne Reue.»

«Und welchen Preis zahlst du?» Er stupste mit dem Finger gegen ihr Kinn. «Du hast es zweifellos auch genossen. Wo sind deine Blessuren?»

«Ich habe keine», triumphierte Patricia.

«Wenigstens habe ich ausreichend Tetanusschutz. Bei meinem Job.» Paco verfolgte genau jeden ihrer Handgriffe.

Ob es ihm gefallen würde, wenn sie dabei eine Schwesterntracht trüge? Sie war sich bei Paco nicht sicher. Einerseits war er so jungenhaft und genierte sich schnell. Anderseits führte er brav jeden ihrer Befehle aus.

«Was machst du beruflich, du armer Kleiner?»

Achtung. Sie hatte gerade eine weitere Grundregel gebrochen. Regel Nummer eins: Keinem Fremden erzählen, was bei den speziellen Frauentreffen auf Noras Finca stattfand. Diese Regel hatte sie mit Naomi gebrochen. Regel Nummer zwei: Kein persönliches Interesse an den Männern zeigen. Gegen diese Regel hatte sie gerade eben verstoßen. Interessierte es sie wirklich, was er tat? Oder war ihr die Frage mehr im Reflex rausgerutscht? Sie wusste es selbst nicht.

«Mein Vater hat einen Gartenbaubetrieb. Mein älterer Bruder hat vor ein paar Jahren eine Sprossenzucht drangehängt.» Paco sah Patricias fragende Miene. «Für Sojasprossen, Alfalfa und das ganze Zeugs. Das Geschäft geht gut. Die Leute wollen das Gefühl haben, sich gesund zu ernähren. Vor einem Jahr hatte unser Vater dann den zweiten Herzinfarkt, und seitdem darf er nicht mehr arbeiten. Schon gar nicht im Gartenlandschaftsbau. Das ist viel zu schwer. Also bin ich eingestiegen. Vor einem halben Jahr hat unser großer Lkw den Geist aufgegeben. Die Unglückskette reißt nicht ab. Ein neuer Lkw muss her. Wir haben auch so schon so viele Schulden, dass die Bank stresst.»

«Wenn ich das richtig sehe, könnt ihr aber ohne Lkw nicht viel ausrichten, oder?»

«Nichts können wir ausrichten. Die schweren Materialien müssen ja transportiert werden. Wenn wir dafür jedes Mal einen Wagen mieten wollten … vergiss es. Selbst Leasing …» Er vergaß die geschundenen Knie und sprang vom Hocker. Die Pflaster spannten beim Gehen, sodass er sich mit übertriebenem Humpeln zurück ins Schlafzimmer schleppte und auf das Bett fallen ließ.

Patricia folgte ihm langsam. Sie goss Wein in ein Glas und reichte es ihm. Sie selbst nahm sich ein großes Glas Mineralwasser, sie hatte schon genug Alkohol getrunken. «Wenn du willst, können wir morgen weiter darüber reden. Jetzt bin ich zu müde, um klar zu denken. Vielleicht kann ich ja mal deine Bilanz sehen, und du erzählst mir ein bisschen mehr über die geschäftliche Seite deines Lebens», schlug sie zögernd vor. Irgendwo in ihrem Hinterkopf leuchtete eine rote Alarmleuchte, und sämtliche Sirenen heulten auf.

«Verstehst du was davon? Bist du Steuerberaterin?»

«So was in der Art.»

Er sah sie prüfend an. «Ich bin verheiratet.»

«Ich auch. Und das soll auch so bleiben.»

Sie schwiegen. Einer lauschte den Atemzügen des anderen. Paco lag auf dem Rücken und starrte gegen die nachtgraue Zimmerdecke und hatte keine Ahnung, was er noch sagen sollte. Patricia hielt die Augen geschlossen und fragte sich ein ums andere Mal, warum sie neuerdings nach gutem Sex so emotionell wurde, und beschloss, nach der Rückkehr von Mallorca ihren Hormonspiegel prüfen zu lassen.

Am nächsten Morgen fanden sich die Gäste der Finca nur zögernd auf der Terrasse zum Frühstück ein.

Paco lag wie ein Embryo in Patricias Bett. Nichts konnte ihn wecken.

Jaime verausgabte sich Runde um Runde im Pool. Nora fragte sich, woher er diese herkulanischen Kräfte nahm.

Von Naomi fehlte noch immer jegliche Spur. Doch keine der Frauen fühlte sich bemüßigt, nach ihrem Verbleib zu forschen. Sollte sie sich doch mit Raul Wolfe und der halben Filmcrew wund vögeln.

«Alejandro ist mit Diego auf den Markt gefahren», teilte Kathrin den Freundinnen mit. Sie ging von einer zur anderen und begrüßte mit je einem Kuss auf die Wange erst Nora, dann Liliann und zum Schluss die zerrupft aussehende Patricia.

«Hast du Diego endlich aus deinen Fängen gelassen?» Nora streckte ihre Hand nach Kathrins aus und streichelte sie.

«Lästere nicht. Möglicherweise brauchte ich mehr Sex und mehr Entspannung als ihr. Zu Hause bin ich Sklavin meines Terminplans und – *Mutter*.»

«Sklavin des Terminplans können wir akzeptieren. Aber die Mutter in deiner Familie ist doch eher dein Wolfgang. Er ist Hausmann und – *Mutter*.» Patricia klang müde, und es schien sie Kraft zu kosten, am morgendlichen Geplänkel teilzunehmen.

«Was hast du?» Nora sah ihr prüfend ins Gesicht.

«Ich glaube, ich werde langsam zu alt für diese Scheiße. Zu alt, zu sentimental. Was weiß ich? Ich habe Paco letzte Nacht gefragt, was er beruflich macht. Und als er mir von seinen finanziellen Sorgen erzählt hat, habe ich ihm allen Ernstes meine Hilfe angeboten.»

«Und?»

«Was, und? Das habe ich in all den Jahren noch nie getan. Es ist gegen die Abmachung.»

«Das mit Naomi übrigens auch», erinnerte sie Nora.

«Diego ist Koch. Er hofft, bald ein eigenes Restaurant zu haben», warf Kathrin ein. Sie genoss ihren morgendlichen Tee. Ein Ritual, das sie seit ihrer Zeit in England pflegte. Sie ließ die Freundinnen kurz im Unklaren darüber, ob sie dieser Feststellung etwas hinzufügen wollte. Dann sagte sie: «Er wird für uns kochen. Deswegen fährt er mit Alejandro zum Markt und zum Hafen.»

«Willst du ihm etwa Investoren für sein Restaurant besorgen?» Nora klang besorgt.

«Wer weiß?»

«Das bringt mich zu dem Punkt, den ich seit Tagen mit euch besprechen will», mischte Liliann sich ein. «Ich habe eine exklusive Kollektion von Liebesspielzeugen entworfen und überlege fieberhaft, wie ich sie am besten auf den Markt bringe.»

«*Was* hast du?» Nora und Kathrin versuchten sich vorzustellen, wie eine exklusive Kollektion solcher Artikel aussah.

«Moment. Ich hol sie rasch her.» Liliann sprang auf und spurtete ins Haus. Kurz darauf wurden Kannen,

Tassen und Teller beiseite geschoben, um Platz für den flachen roten Koffer zu machen, in dem sich die Kollektion befand.

«Es war schon immer etwas teurer, einen exklusiven Geschmack zu haben.» Kathrin drehte fasziniert an dem edelsteinbesetzten Drehmechanismus eines Dildos.

«Den gibt es selbstverständlich in unterschiedlichen Größen und Farben. Die Steine werden jeweils farblich darauf abgestimmt.» Liliann war ganz in ihrem Element. «Und dies sind die goldenen Nippelklammern.» Sie hielt ihr Lieblingsstück in die Höhe und ließ sie am Verbindungskettchen hin und her schwingen. «Das Sortiment kann man erweitern. Seht ihr, hier mit diesen Goldketten und Ringen. Die Klammern gibt es in unterschiedlichen Stärken und mit verschiedenen Verzierungen.»

«Wow. Mink.» Patricia wedelte mit einem Paar Handschellen. «Nerzverbrämt», näselte sie vornehm.

«Geschmackssache», krittelte Nora, «sowohl die Sache als solche als auch im Besonderen der Nerzbesatz. Nicht gerade politically correct.»

«Mmh. Vielleicht. Aber hier: Liebeskugeln im Goldetui. Nett. Stellt euch nur mal vor, ich will in einer Konferenz meine Lesebrille aufsetzen und ziehe aus Versehen die da aus dem Etui.» Patricia spielte mit den weichen Kugeln und merkte dabei, dass sie, obwohl sich die eingelassenen Metallkugeln verschoben, kaum zu hören waren.

«Der Neid der männlichen Kollegen wäre dir sicher. Also¿» Liliann hob fragend die Stimme. «Ihr dürft später damit spielen. Aber jetzt macht mir lieber Vorschläge, wo und wie ich das vermarkte. Bislang war das hier alles just for fun. Ich habe in die Prototypen einiges investiert. Jetzt will ich natürlich auch daran verdienen.»

«Am besten weltweit nur zwei Läden. Nicht offiziell. Mehr ein Geheimtipp. Sagen wir in New York und London.»

»Aber Paris ist doch die Stadt der Liebenden.»

«Eben.» Kathrin erläuterte ihren Einwand. «Frisch Verliebte interessieren sich noch nicht für Spielzeug. Und die französischen Männer glauben sowieso, dass sie so etwas nicht brauchen.»

«Ich würde übers Internet verkaufen», sinnierte Patricia.

«Stimmt. Man darf sich aber nicht so einfach einklicken können, sondern muss vorher online ein erotisches Phantasiespiel gewinnen. Erst dann erhält man den exklusiven Zutritt in die Welt deiner Spielzeuge und Hilfsmittel.» Vor Kathrins Augen nahm die Idee, noch während sie sprach, Form an.

«Das Spiel und die Spielregeln werden alle paar Wochen verändert, sodass der Reiz erhalten bleibt.» Noras Augen glänzten. «So schaut man immer wieder rein, auch wenn man nichts kaufen will.»

«Das ist Klasse.» Kathrin nickte zustimmend. «Schließlich ist deine Klientel finanziell in der Lage, die komplette Kollektion zu kaufen. Du zielst doch auf die Elite, oder?» Kathrin nahm aufgeregt einen Schluck Tee. «So musst du ihnen immer etwas Neues bieten. Ein abgefahrenes Spiel zum Beispiel. Ich kenne ein Spitzenteam für diesen Job. Mit dem sollten wir uns mal zusammensetzen.»

Die Freundinnen redeten sich in Eifer. Jede hatte eine noch gewagtere Idee für das Spiel. Nora übernahm es, die wichtigsten Punkte schriftlich festzuhalten und notierte sie gleich auf ihrem Skizzenblock, den sie am vergangenen Nachmittag auf der Terrasse liegen gelassen hatte.

Kathrin zog unterdessen etwas Ledernes aus dem Koffer und betrachtete es. «Ist es das, was ich denke?»

«Ich weiß nicht, was du denkst. Es ist ein Halfter.»

«Hast du so etwas schon mal einem Mann angelegt?»

Liliann verneinte. «Ich hab es erst einmal entworfen, aber sei versichert, eines Tages werde ich es auch ausprobieren.»

Nora schüttelte zweifelnd den Kopf. Sie fühlte sich zutiefst unbehaglich bei der Vorstellung.

«Ein Halfter hat durchaus seinen Reiz.» Patricia lehnte sich im Stuhl zurück und schnurrte wie eine satte Katze.

«Typisch Patricia», meinten die Freundinnen einstimmig.

«Hallo Ladys, da bin ich wieder.» Naomi warf sich in den freien Stuhl neben Liliann. «Ich habe einen Bärenhunger. Schon fertig mit Frühstücken?» Während sie sich heißhungrig ein Croissant in den Mund stopfte, fiel ihr Blick auf die Liebeskugeln, die nerzbesetzten Handschellen, die Dildos, Nippelklammern, Goldketten und Lederbänder in verschiedenen Ausführungen, die sich auf dem Tisch zu einem erotischen Ensemble zusammengefunden hatten. Sie erkannte auch den fluoreszierenden pinkfarbenen Vibrator, den Paco Diego vor aller Augen am ersten Abend in den Hintern geschoben hatte. «Ganz offensichtlich habe ich etwas verpasst. Obwohl die letzten vierundzwanzig Stunden absoluter Wahnsinn waren.»

«Vierundzwanzig Stunden? Es waren knapp achtundvierzig. Aber wir wussten dich ja in guten Händen.» Patricias Stimme hatte einen gefährlich schnippischen Unterton.

«Was ist das hier? Ein Tribunal?» Naomi versuchte, die ihr entgegengebrachte Feindseligkeit zu ignorieren. Sie genoss ihr Hochgefühl: Keins der Weiber hatte es so lange mit Raul Wolfe getrieben wie sie. Morgen würde ihr Foto in der Lokalpresse sein. Sie in den Armen des derzeit meist umschwärmten Filmstars unter vierzig. Sie würde schon dafür sorgen, dass Roland den Artikel zu sehen bekam.

Raul war ein guter Liebhaber. Erst zärtlich, dann leidenschaftlich, dann sogar fast etwas brutal. Als

Schauspieler hatte man eben ein ganzes Repertoire zur Verfügung. Und sie hatte alles genossen. Quasi bis zum letzten Speichel- und Spermatropfen. Sie fühlte sich wie eine jener Wüstenblumen, die vertrocknet im heißen Sand lagen, bis sie nach langer Dürrezeit der erste Regenschauer wieder erblühen ließ.

Gegen Morgen wurde Raul von seinem Chauffeur Enrique geweckt, der ihn zum Dreh fuhr und danach zu ihr zurückkam, um Rauls Platz einzunehmen.

Sie hatte sich des Eindrucks nicht erwehren können, dass Enrique dazu angestiftet worden war. Doch nach den Stunden mit Raul hatte sie Blut geleckt, und es war ihr egal. Satt war sie noch lange nicht. So vergnügte sie sich bis zum Nachmittag mit Enrique, der nur das Nötigste mit ihr sprach, sie dafür unermüdlich in allen möglichen und unmöglichen Stellungen vögelte. Es kam ihm nie, und sie glaubte schon, er habe diesbezüglich eine Störung.

Das letzte Mal jedoch drehte er sie auf den Bauch, band ihre Arme und Beine an den gedrechselten Bettpfosten fest und legte sich dann auf sie. Mit seinem ganzen männlichen Gewicht drückte er sie tief in die weiche Matratze. Sein Bauch berührte ihre Arschbacken, presste sich fester dagegen und begann langsam zu pumpen. Sein Schwanz stieß erst zwischen ihre weichen Labien, doch kurz darauf pochte er gegen ihren Anus. Sie versteifte sich und presste die Backen zusammen. Er löste sich kurz von ihr, wobei er irgendetwas vor sich hinmurmelte, das sie nicht verstand, das aber dem Knurren eines gefährlichen Hundes nicht unähnlich war. Sie musste es sich wohl oder übel eingestehen, dass dieses Geräusch zutiefst verborgene Gelüste nach Unterwerfung und Demütigung in ihr weckte. Er präparierte seine Finger und ihr kleines runzeliges Loch mit viel Gleitcreme, fuhr erst langsam mit einem, dann mit zwei und am Ende mit drei Fingern in sie hinein, weitete, dehnte sie und knurrte erneut, als er spürte, dass ihr Widerstand schnell gebrochen war. Mit den Fingern der anderen Hand prüfte er kurz die Nässe ihrer Möse. Sie spürte, wie ein weiterer Orgasmus nahte. Einer, den sie so noch nie gehabt hatte.

Als er sich aus ihr zurückzog, gelang es ihr, den Kopf so weit nach hinten zu drehen, dass sie aus den Augenwinkeln sah, wie er nun seinen dicken Schwanz mit rosaroter Gleitcreme bestrich. Gleich würde er zurückkommen und erneut Einlass in ihr Intimstes begehren – und keinen Widerstand vorfinden. Sie fieberte ihm vielmehr entgegen und zuckte auch schon in den Anfängen ihres Orgasmus, als er seinen Schwanz langsam und unerbittlich in sie hineinschob. Er bewegte sich rhythmisch in ihr, und gerade, als sie sich an das Gefühl gewöhnt hatte, schob er etwas Kaltes in ihre Möse, das sie erschrocken aufschreien ließ. In ihrem Hirn rasterte sie alle Möglichkeiten auf. Was war es, das er mit kurzen, kleinen abgehackten Rucken in ihrer Möse auf- und abschob, während sein Penis in ihrem Hintern vor- und zurückglitt?

Als Enrique endlich ejakulierte und mit lautem Knurren und Stöhnen auf ihr zusammenbrach, pressten die Spasmen ihres himmlischen Orgasmus das unbekannte Ding aus ihr raus.

Im gleichen Augenblick zog sich auch ihr Lover zurück und verschwand im Bad.

«He. Und ich?» Sie zog an den Fesseln. Das Band an ihrer linken Hand gab nach, sodass sie sich befreien konnte. Möglicherweise wäre ihr dies die ganze Zeit über möglich gewesen? Sie hatte nicht einmal daran gedacht, es zu versuchen, so neu und aufregend war diese Erfahrung gewesen.

Als sie vom Bett aufstand, fiel eine kleine Stabtaschenlampe auf den Boden. Eine, die am Ende einen glänzenden Metallring hatte, um sie am Schlüsselbund einzuhängen. Ihr kleiner Lustspender.

«Wollen wir schwimmen gehen? Wir könnten einen Ausflug nach Playa de es Comú machen?» Nora schaute in die Runde.

Patricia zog eine Grimasse. «Das ist doch der Strand im Norden, oder? Da müssen wir ja wieder quer über die Insel fahren.»

Jetzt war es an Nora, ein Gesicht zu ziehen. «Wie wäre es dann mit dem Playa es Caragol? Das ist nicht so weit, einsam und etwas abgelegen, dafür aber idyllisch. Ich male dort ab und zu.»

«Sehe ich es richtig, oder ist da ein Haken?» Liliann wusste, dass es einen gab.

«Man muss ungefähr eine halbe Stunde zu Fuß gehen. Wir fahren zum Leuchtturm von Les Salines und gehen von dort zum Strand.»

«Ich bin müde und werde mich erst einmal ins Bett verkriechen. Meldet euch, wenn ihr zurück seid.» Naomi stand auf, griff sich ein zweites Croissant und ein Glas Orangensaft und ging hinaus.»

«Die sieht frisch gefickt aus», stellte Patricia bissig fest.

«Und genau so geht sie auch.» Kathrin grinste schadenfreudig. «Ist euch auch schon aufgefallen, dass sie die Lippen oft aufeinander presst. Man sieht dann fast nur noch die Innenseite ihres Schmollmundes. Ist das nun sinnlich oder bloß eklig?»

Nora winkte ab. «Wir haben doch keinen Grund, eifersüchtig zu sein. Oder ist bislang eine von euch zu kurz gekommen? Ist am Service des Hauses etwas auszusetzen?», fragte sie spitz.

«Nein. Alles im grünen Bereich», beruhigte Liliann.

«Wir haben noch nicht geklärt, wohin wir nun fahren.» Patricia blickte eine nach der anderen an.

«Oh. Welch hübsches Beiwerk», säuselte Luis, der unbemerkt zu ihnen gestoßen war und nun eingehend die Kollektion der Spielzeuge betrachtete. «Wem gehören die?»

«Mir», raunte Liliann. «Wir waren gerade dabei abzustimmen, ob wir diese hübschen kleinen Hilfswerkzeuge an einem einsamen Strand oder hier am Pool ausprobieren.»

«Ich bin für den Strand. Vorausgesetzt, er bietet ein grünes Plätzchen. Sonst kommt zu viel Sand ins Getriebe.» Luis grinste frech.

«Also ist die Entscheidung gefallen. Dreißig Minuten Fußmarsch zum Playa es Caragol. In einer halben Stunde treffen wir uns am Jeep. Packt die Strandsachen und Verpflegung ein», kommandierte Nora, die keine weiteren Einwände abwartete, sondern, noch während sie sprach, aufstand und ins Haus ging, um ihre Malsachen, die Staffelei und was sie sonst noch so brauchte zusammenzusuchen.

«Ist Naomi zurück?», fragte Luis Liliann, als er ihr den Koffer zur Suite trug.

«Ja. Sie schläft. Hat wohl einige Stunden nachzuholen», lästerte Liliann und bemerkte Luis' traurigen und sehnsüchtigen Blick nicht.

«Dann kommt sie wohl nicht mit zum Strand.»

«Sie will nicht geweckt werden.»

«Also, in einer halben Stunde beim Jeep.» Er stellte den Koffer vor Lilianns Zimmertür und verschwand.

«Den hat's erwischt, den armen Kerl.» Liliann schüttelte bedauernd den Kopf. An eine wie Naomi sollte man besser keinen zweiten Gedanken verschwenden. Andererseits würde sie gern das eine oder andere nette Spielzeug an der «Beautyqueen», wie Nora sie verächtlich genannt hatte, ausprobieren. Sollte sich die Gelegenheit ergeben, würde sie die nicht ungenutzt verstreichen lassen. So viel war mal sicher.

Carla. Verdammt. Warum musste sie gleich wieder an Carla denken, als wäre der bloße Gedanke an eine andere Frau schon Betrug an ihrer Liebe. «Carla hat Schluss gemacht. Begreif das endlich», schimpfte sie mit sich und warf die Zimmertür krachend ins Schloss.

Sechs

Die Küche in Noras Finca war mehr eine zu groß geratene private Landhausküche in Montpelliergrün und zartgelb verputzten Wänden. Perfekt ausgestattet mit Luxusherd, Gigakühlschrank, kupfernen Töpfen und allen Haushaltshelfern, beförderte sie jeden Koch in den siebenten Himmel. Der Herdblock war in der Mitte des Raumes unter einer überdimensionalen Abzugshaube platziert. Rundherum an den Wänden waren Arbeitsflächen mit Unter- und Oberschränken angebracht, unterbrochen von schmalen Flügelfenstern, deren Sprossen im Licht ihre gerasterten Schatten auf die braungrün schimmernden Fußbodenfliesen warfen.

Diego kannte solche Profiküchen von Restaurants und Großküchen her und war von Noras Küchentempel begeistert.

«Sie ist so liebevoll gestaltet und dekoriert.»

«Sie war auf der Titelseite von *Deco Home*», bestätigte Alejandro. «In dem Bildband *Die Küchen der Künstler* wurden Nora und ihrer Küche sogar fünf Seiten gewidmet.»

Alejandro lehnte lässig am Küchentresen, während Diego, sein langes Haar im Nacken zusammengebunden und mit Schürze um die Hüften, ganz emsig in seinem Element schaffte. Alejandro hielt mit drei Fingern den Stiel eines zarten Weinglases, in dem sich perfekt gekühlter Weißwein befand, von dem er ab und zu nippte. Mit schläfrigem Blick folgte er den exakten Bewegungen des Kochs und konnte sich einer gewissen Bewunderung für dessen Geschick im Umgang mit den scharfen Messern nicht erwehren.

Blitzschnell zerteilte Diego zwei Poularden und würzte sie mit einer Mischung verschiedener Pulver und Kräuter, die er kurz zuvor selbst gemischt hatte. Danach legte er die Fleischteile auf verschiedene, mit ein wenig würziger Brühe übergossene Gemüse. Das alles kam in den vorgeheizten Backofen.

Stumm hielt Alejandro Diego das Glas hin, wobei er es im Handgelenk so drehte, dass Diegos Lippen am Glasrand auf den Abdruck seiner Lippen trafen.

Diego tat, als habe er es nicht bemerkt, und trank das Glas in einem Zug wortlos leer.

Für die Chilisoße übergoss er die getrockneten *Chile poblano* mit heißem Wasser und ließ sie eine Viertelstunde ziehen. Dann wurden sie püriert und zu angedünsteten Zwiebeln und Knoblauch gegeben.

Trotz der Größe der Küche entstand zwischen den Männern eine intime Zweisamkeit, getragen von den köstlichen Düften und den verheißenden Geräuschen, die sie beide umgaben.

Die Soße musste zehn Minuten köcheln. Diego schmeckte sie noch mit Öl und Salz ab und gab Alejandro einen Löffel zum Probieren.

«Man kann statt der Chilischoten auch grüne Paprika nehmen. Aber Chili sind besser.» Diego nahm den Probierlöffel und führte ihn wie in Gedanken zum Mund. Wenn Alejandro Spielchen wollte, konnte er das haben.

Während Diego die Tortillas vorbereitete, die er später mit dem gegarten Hühnerfleisch füllen und mit Chilisoße, saurer Sahne und Käse überbacken würde, beneidete Alejandro den Koch um dessen Konzentration bei der Arbeit. Diego ging ganz offensichtlich in seiner Arbeit auf. Kochen war für ihn sinnliche Berufung.

Während sie sich ein paar Stunden zuvor zwischen den Gemüseständen auf dem Markt hin und her schlängelten, hatte Diego ihm von Kräutern und Gewürzen erzählt, die Libido und Phantasie anregten.

«Wenn man die Speisen dem Anlass entsprechend auswählt, zubereitet und genießt, hat man schon gewonnen.»

«Du verführst eine Frau, in dem du für sie kochst¿»

«Kochen ist Kunst.»

«Verrätst du mir ein paar Rezepte¿»

«L'art pour les artistes.»

«Ich war in der Vergangenheit mit meinen Verführungskünsten recht erfolgreich», sinnierte Alejandro, «warum sollte ich mein Repertoire nicht trotzdem um sinnliche Rezepte erweitern?»

Diego beugte sich vertraulich vor und flüsterte: «Du hast die Frage gerade selbst beantwortet. Die Frauen mögen Alejandro, weil er nicht kocht. Du hast eine ganz andere Ausstrahlung. Es würde nicht funktionieren.»

Alejandro brummte vor sich hin, öffnete eine zweite Flasche Wein und schenkte Diego ein eigenes Glas ein.

«Ich bin Koch. Mit meinem ganzen Wesen. Und ich wollte nie etwas anderes sein.» Diego bereitete nebenbei eine kleine Platte mit verschiedenen kalten Tapas zu. «Als ich sechzehn war, wohnte ich beinahe schon in Mutters Küche. Man musste mich vom Herd wegprügeln. Meine Eltern hatten panische Angst, ich könnte schwul werden oder, um Himmels willen, schon sein.»

«Bist du's?»

«Ich mag Frauen.»

«Nur?»

«Gelegentlich auch mal einen Mann. Überwiegend jedoch Frauen wie Kathrin. Groß. Rothaarig. Vollbusig mit kräftigem Körper.»

«Und?»

«Und nun koche ich für sie.»

«Und?»

Diego legte den kleinen, breiten Löffel beiseite, mit dem er Oliven aus einem Steinguttöpfchen geschöpft hatte. «Nun ja», meinte er gedehnt und blickte wie gebannt zum Fenster, als gäbe es dort etwas Aufregendes zu beobachten, «wenn ich für längere Zeit mit einer Frau zusammen bin, ich meine, wenn ich mit ihr lebe, sie bekoche, dann verändert sie sich.»

«Wie meinst du das? Verliert sie selbst die Lust am Kochen?»

«Das meine ich nicht. Sie verändert ihren Geruch und Geschmack. Du weißt doch, dass bestimmte Gewürze den Geschmack des Spermas verändern.»

«Hab ich gehört.»

«Das ist bei einer Frau ähnlich. Knoblauch zum Beispiel. Den dünstet man aus, egal ob Mann oder Frau. Wir denken immer nur an Knoblauch. Aber frischer Ingwer, Nelken, Kardamom, Kreuzkümmel, um nur einige Gewürze zu nennen, haben ebenfalls einen sehr intensiven Geschmack und Geruch. Du riechst ihn auf der Haut und du schmeckst ihn.»

Er schob eine schwarze Olive zwischen Alejandros Lippen und wischte mit der Daumenkuppe einen imaginären Öltropfen von der Unterlippe.

«Ein Versprechen?»

«Vielleicht.»

Alejandro beugte sich vor. Diego erwartete seinen Kuss, da wurden sie jäh unterbrochen.

«Hi. Hier riecht es köstlich.» Naomi rauschte in die Küche und lüpfte nacheinander alle Deckel von den

Töpfen. Als sie auch noch die Backofenklappe öffnen wollte, schlug Diego ihr spielerisch auf die Finger.

«Finger weg von meinem Ofen. Wenn du Hunger hast, nimm von den Tapas.»

«Ja doch. Was bist du empfindlich.» Mit einem gekonnten Schwung platzierte Naomi ihren Hintern auf die Küchenzeile. Sie trug ein knappes bauchfreies T-Shirt und noch knappere Shorts. Beides brachte ihren straffen Körper und die leichte Sonnentönung der Haut zu Geltung. Durch den dünnen Stoff der Shorts zeichnete sich lockend ihr dunkler Venushügel ab. Ihre Haare hatte sie mit vielen bunten Klammern und Schleifchen hochgesteckt. Einige Strähnchen lösten sich jedoch wieder und umspielten Gesicht und Hals.

«Ausgeschlafen?» Alejandro betrachtete sie abschätzend, wobei er sich keine Mühe gab, sein Missfallen zu kaschieren. Naomi war der typische Troublemaker, ganz egal, wie verführerisch sie sich auch präsentierte. Ihm machte sie nichts vor.

«Ausgeschlafen und schon wieder zu allen Schandtaten bereit», gurrte sie und sah Diego tief in die Augen, ohne Alejandro weiter zu beachten.

«Etwas zu trinken?» Diego wartete ihre Antwort nicht ab, sondern schob sein Glas zu ihr hinüber. Dieses gefräßige kleine Monster brauchte seine aphrodisierenden Speisen bestimmt nicht. Wie eine läufige Straßenkatze bot sie sich an. Wer wollte da widerstehen? Sie bot einen aufreizenden Anblick, hatte eine

Topfigur, wenn auch für seinen Geschmack zu kleine Brüste. Auf jeden Fall war sie die jüngste der Frauen. Und war er nicht engagiert worden, um alle Wünsche der Frauen zu erfüllen?

«Ich geh dann mal. Bis später.» Alejandro zwinkerte Diego heimlich kurz zu und zog dann die Tür laut hinter sich ins Schloss.

Naomi hob die Augenbrauen, doch schon huschte ihr Blick zur Schürze, unter der sich Diegos Erektion aufbäumte. Eine Sekunde fragte sie sich, wer von ihnen die Erektion bewirkt hatte? Sie selbst oder Alejandro? Sie stellte sich den griesgrämigen Spanier nackt vor, nur mit der Schürze bekleidet, und musste unweigerlich kichern.

«Was ist so lustig?» Diego trat dicht an den Küchentresen und rieb mit beiden Daumen ihre steifen Nippel unter dem T-Shirt.

«Du. Die Schürze.» Sie drängte ihm ihre Brüste entgegen und spreizte leicht die Schenkel. Die Arbeitsfläche der Küchenzeile war ein kleines bisschen zu hoch. Doch das sollte für Diego kein ernst zu nehmendes Hindernis sein.

«Zieh die aus.» Er zupfte an den Baumwollshorts, unter denen sie kein Höschen trug. Kaum tat sie, wie ihr geheißen, drückte er ihren Oberkörper sanft zurück. Sie stützte sich mit den Armen ab, während er mit seiner geschickten Zunge schon ihre Klitoris hervorlockte und dann tief in ihre nasse Grotte vorstieß.

«So bleiben.»

«Was machst du?»

«Nicht weggehen.» Diego suchte im großen Kühlschrank und kam auch schon mit einer Flasche zurück, die er kräftig schüttelte. Es hörte sich für Naomi wie das Schütteln einer Spraydose an. Wollte er sie etwa mit Farbe besprühen?

Mit zufriedenem Seufzer spritzte er kühle Schlagsahne zwischen ihre Labien und schleckte sie gleich darauf auf. Beim zweiten Mal öffnete er mit drei Fingern ihre Möse, positionierte die Düse der Sprühflasche genau dort und drückte ab.

Mit leisem Aufschrei registrierte Naomi, wie die Sahne im vorderen Teil ihrer nassen Pussy landete. Bevor sie überhaupt genau begriff, was er tat, schleckte er die Sahne erneut heraus, wobei er sie mit beiden Händen aufspreizte, als wollte er ein Stück Brot in zwei Hälften brechen.

Als Nächstes wurden ihre steifen Nippel in Sahne gehüllt und ihre Brüste spiralförmig mit Sahnestreifen umrundet, dass es aussah, als trüge sie einen BH aus ein Zentimeter breiten weißen Streifen. Bevor das Kunstwerk durch die Körperwärme in sich zusammenfiel, leckte Diego auch hier die verräterischen Spuren auf.

«Lass mich auch mal.» Naomi schob die karierte Schürze zur Seite, und befreite seinen Schaft. Dann sprühte sie ihn sorgfältig ein, bis kein bisschen Haut mehr zu sehen war. Als sie sich hinabbeugte, um nun ihrerseits die Sahne abzulecken, musste sie feststellen, dass ihr das nicht möglich war, ohne vom Tresen zu fallen.

«Wir müssen tauschen.» Diego setzte sich auf Naomis Platz, die sich breitbeinig vor ihn stellte, die Hände neben ihm aufstützte und dann mit spitzer Zunge den aufragenden, sahnetropfenden Schaft ableckte. Die süße Creme klebte an ihren Lippen. Kaum war die Schicht verschwunden, erneuerte Naomi ihr Kunstwerk und begann wieder zu schlecken, während sie «my boy lollipop» summte.

Mit wildem Stöhnen katapultierte Diego sich und seinen Sahnelolli in den siebten Schlemmerhimmel.

Das Klingeln der Backofenuhr riss beide aus ihrem Spiel. Diego murmelte eine Entschuldigung und hechtete zum Herd, um das Fleisch aus der Röhre zu ziehen, bevor es verbrannte.

Naomi sah zu, wie er, als sei nichts zwischen ihnen geschehen, die braunen Hähnchenstücke in kleine Streifen schnitt und zum Abkühlen auf eine bunte Keramikplatte legte. Er schien ganz vergessen zu haben, dass er unter der karierten Schürze nackt war und ihr seinen strammen Hintern darbot. Er drehte sich um und kam wieder auf sie zu.

«Wartest du einen Moment auf mich?» Er rieb sich lockend an ihr.

«Du riechst nach Hähnchen.» Sie schnupperte an seinem Hals und biss ihn zart ins Ohrläppchen.

«Ich muss rasch in den Weinkeller. Bin gleich zurück.»

Bevor Naomi etwas sagen konnte, hatte er mit zwei Handgriffen seine Hose übergestreift und war aus der Küche verschwunden.

Gelangweilt hob sie noch einmal die Topfdeckel, zupfte etwas von dem heißen Hühnchenfleisch und naschte dazu ein paar der saftigen Oliven.

Als ihr Diegos Verschwinden zu lange dauerte, beschloss sie, zum Pool zu gehen und dort auf die Rückkehr der anderen zu warten. Doch Alejandro änderte ihre Pläne.

Wie vom Himmel gefallen stand er plötzlich in der Küche und betrachtete sie in ihrer Nacktheit.

Ihr T-Shirt lag auf dem Fußboden, die Shorts hingen am Haken neben einem kupfernen Topf.

Unter seinem arroganten prüfenden Blick wurde ihr gleichzeitig heiß und kalt. Sie mochte ihn nicht besonders, doch er besaß eine faszinierende Anziehungskraft, eine Dominanz, die sie gleichzeitig abstieß und anzog.

Im Gegensatz zu allen anderen war er stets korrekt gekleidet. Auch jetzt trug er eine lange dunkle Leinenhose, dazu ein kurzärmeliges Hemd. Das allerdings leger über der Hose hing.

Als er nah an sie herantrat, nahm sie den herben Duft eines ihr unbekannten Eau de Toilette wahr. Er sprach kein Wort, sah sie nur unentwegt an, als wollte er sie mit seinem Blick bannen.

Es gelang ihr nie, ihn einzuschätzen. Sie wusste nicht, was er dachte, ob er sich einen Spaß erlaubte, mit ihr spielte. Sein Gesicht war vollkommen ausdruckslos. Er ließ sich nicht in die Karten schauen.

Alejandro fuhr mit den Handflächen über ihre nackten Schultern, die Arme hinunter, umgriff dann fest und fast schmerzhaft ihre Taille und drängte sie langsam rückwärts zum Fenster. Als sie das kühle Glas an ihrem Rücken spürte, löste er sich von ihr, um aus einem Schrank mehrere Rollen Frischhaltefolie zu nehmen. Dann begann er wortlos, sie damit wie eine Mumie zu umwickeln. Sie widersprach nicht, sondern fühlte sich in der Rolle der willenlosen Puppe wohl. Sie war jetzt nur noch dazu da, um seine Lust zu stillen, ihm die Befriedigung zu verschaffen, die er brauchte. Als er sie von der Taille an aufwärts umwickelte, drückte sie die Arme fest an den Körper. Ihre kleinen Brüste wurden stramm an den Leib gewickelt. Doch sparte er einen schmalen Streifen aus, sodass die Brustwarzen frei blieben und sich ihm auch gleich vorwitzig entgegenreckten.

«Das gefällt dir.» Er musterte sie und zwickte derb ihre aufragenden Nippel.

«Ja», war alles, was sie von sich gab. Die verräterische Feuchtigkeit zwischen ihren Beinen nahm wieder zu, und sie wünschte, sie hätte genug Bewegungsspielraum, sich dort zu streicheln, um die Nässe zu verreiben.

Als er die erste Folienrolle um ihren Oberkörper gewickelt hatte, befahl er ihr, sich mit leicht gespreizten Beinen hinzustellen. Gerade weit genug auseinander, dass seine Hand zwischen ihren Schenkeln Platz fand. Dann begann er, sie unterhalb der Taille zu umwickeln, ließ jedoch einen Streifen am Schenkelansatz frei. Darunter wurde sie weiter mumifiziert, bis sie nicht mehr imstande war, sich zu rühren.

Unter der Folie wurde es warm, und sie fragte sich, zwischen Angst und Verlockung hin- und hergerissen, wie lange er sie so stehen lassen würde und was er eigentlich mit ihr zu tun gedachte?

Zum Schluss verschloss er ihren Mund, wobei er jedoch sorgfältig darauf achtete, dass sie durch die Nase atmen konnte.

«Du bekommst hoffentlich keine klaustrophobischen Zustände?»

Sie schüttelte den Kopf.

Mit Schwung hob er sie hoch und legte sie mit dem Rücken auf den Tisch. Wie eine verpackte Mumie, die auf dem Seziertisch darauf wartete, ihr Geheimnis preiszugeben, lag sie dort und fragte sich erneut, wie es jetzt weitergehen würde?

Sie war geil auf ihn. Ausgerechnet auf diesen arroganten Fiesling, der ihr von der ersten Minute an Verachtung entgegengebracht hatte. Sie wollte gefickt werden und hätte ihn am liebsten darum angefleht. Doch sie konnte ja nicht sprechen. Also versuchte sie, ihm mit den Augen mitzuteilen, was sie wollte, und war sich sicher, dass er sie verstand.

Aus der silbernen Tülle der Olivenölflasche ließ er

ein feines Rinnsal auf den freien Spalt zwischen ihren Schenkeln fließen. Sie spürte, wie sich das Öl zwischen ihren Lippen verteilte. Mit seinen kräftigen Fingern griff er zwischen ihre Schenkel, um die Klitoris zu stimulieren, die Labien zu massieren und sich ölverschmiert in ihre Pussy zu schieben. Mit der anderen Hand strich er über ihre Brustwarzen, bis ihr Atem schneller ging. Als sie die Augen schloss, um sich in ihren lüsternen Phantasien zu verlieren, herrschte er sie an.

«Augen auf! Sieh mich gefälligst an!»

Mit ängstlichem Zwinkern gehorchte sie. Eine Träne rann aus ihrem linken Augenwinkel. Sie drehte den Kopf weg, damit er es nicht sah, aber schon befahl er ihr wieder, ihn anzusehen. Die Träne, der bald weitere folgten, ignorierte er.

Seine Finger wühlten in ihrer Pussy, massierten und rieben mal sanft, mal fest und mit Druck. Ein Finger, wahrscheinlich sein Mittelfinger, wie sie vermutete, betupfte ihren Anus, als klopfe er an und bitte um Einlass. Erneut stöhnte sie vor Lust auf. Ob sie es nun wollte oder nicht, er machte sie geil, und er wusste es mit der Selbstverständlichkeit, mit der der Herr auf die Treue seines Hundes zählen durfte.

Der Orgasmus kroch langsam heran. Sie fühlte die Vorboten, das leise Zittern und Zucken, die kleine Überschwemmung, der eine größere folgen würde.

Doch ein paar Sekunden, bevor es ihr kam, zog er sich aus ihr zurück und befahl ihr nochmals mit kalter Stimme, ihn anzusehen. Er öffnete die Hose, zog seinen dicken Schwanz hervor und begann, über ihrem verpackten Leib zu masturbieren. Mit Daumen und Mittelfinger der linken Hand zwickte er schmerzhaft ihre Nippel, die zu glühen begannen und sich dunkelrot färbten, so pochte das Blut in ihnen.

Mit der rechten Hand pumpte er, beschleunigte den Rhythmus und sah ihr dabei fest in die Augen. Kein Ton war zu hören. Er stöhnte nicht, atmete nicht einmal lauter oder schneller als sonst.

Seine Beherrschtheit, das Einkerkern seiner Geilheit, die zweifellos im selben Maße erwacht war wie die ihre, ließ sie noch heißer werden, ließ sie ihm noch hilfloser ausgeliefert sein. Sie wollte von ihm gefickt werden und ihn in sich spüren. Ihr Verlangen war so groß wie lange nicht mehr. Gleichzeitig war ihr vollkommen klar, dass er ihr genau das nicht geben würde. Er ignorierte ihr Verlangen. War nur an der eigenen Befriedigung interessiert. Die Brosamen vom Tisch für den Hund – die Hündin.

Sie bemerkte gerade noch das Hervortreten der Adern an seiner Hand und am Unterarm. Dann spritzte er schon einen dicken, sämig weißen Strahl auf ihren Bauch.

Nach dem letzten Tropfen steckte er seinen Schwanz seelenruhig zurück, schloss den Reißverschluss der Hose und ging hinaus, ohne sie von ihrer Verpackung zu befreien.

«Das war ein Privileg. Und der Anfang von …»

Seine letzten Worte hörte sie nicht mehr. Er war bereits im Flur.

Panik und sogar Scham stiegen in ihr auf. Alle Lust verschwand schlagartig. Wollte er sie tatsächlich so liegen lassen? Auf dem Tisch? In Folie eingewickelt mit seinem Sperma auf dem Bauch?

Vom Flur her waren Stimmen zu hören. Die Tür wurde geöffnet, und Diego kam herein. Unter seinen Armen klemmten je zwei Flaschen Wein, während er auf den Händen einen mit Zitronen gefüllten flachen Korb balancierte.

«Entschuldige. Es hat etwas länger gedauert.» Wenn er überrascht war, sie so zu sehen, ließ er es sich nicht anmerken. Er griff eine Küchenschere, mit der er geschickt die Folie aufschnitt und Naomi wortlos half, sich zu befreien.

In diesem Moment wurde die Küchentür erneut geöffnet. Kathrin und Nora standen sprachlos da und versuchten einzuordnen, was sich in der Küche abgespielt hatte.

«Ist die Katze aus dem Haus, tanzen die Mäuse auf dem Tisch», fauchte Kathrin Diego an. Ihre Mundwinkel zuckten. Jeder, der sie bei ihren beinharten Verhandlungen beobachtet hatte, wusste, dass nun äußerste Vorsicht geboten war. Es herrschte Alarmstufe Rot.

«Ich dachte, du wolltest mit Alejandro kochen?», fragte Nora eisig.

«Es ist alles anders, als ihr denkt.» Diego nahm die Shorts vom Haken und warf sie Naomi zu.

«Wo habe ich das nur schon mal gehört?» Kathrin machte auf dem Absatz kehrt.

«Du solltest nicht vergessen, dass du hier nur zu Gast bist, Naomi.» Nora sandte giftige Pfeile in Naomis Richtung.

Die zog rasch das T-Shirt über und beeilte sich, aus der Küche zu verschwinden.

«Ich wusste nicht, dass ihr das alleinige Recht habt, kreuz und quer zu vögeln», rief sie im Hinausgehen. Bewusst leise zog sie die Tür hinter sich zu und wartete draußen, was geschehen würde.

«Du solltest unbedingt mit Alejandro sprechen.» Diegos Stimme drang bis auf den Flur, sodass Naomi ihn noch hörte.

«Das war nämlich seine Idee. Sozusagen eine kleine Lektion für das Luder.»

«Wir können nur hoffen, dass sie ihm daraus keinen Strick dreht. Oder uns.» Nora konnte immer noch nicht fassen, was sich in der Küche zugetragen haben musste.

«Sie hatte ihren Spaß daran», verteidigte sich Diego.

«Okay. Ich suche Alejandro, und du sprichst besser mit Kathrin. Die ist mindestens so sauer wie ich.»

Rasch öffnete Naomi die Tür zum Keller und versteckte sich dort, bis alles im Flur still war. Dann erst traute sie sich aus ihrem Versteck.

Doch bevor sie sich gedemütigt in ihr Zimmer zurückziehen konnte, stöberte Luis sie auf, der offensichtlich von den Vorkommnissen nichts wusste. Zärtlich legte er den Arm um Naomis Schultern, ignorierte ihren halbherzigen Einwand und zog sie mit zum Pool, wo Patricia für Jaime, Paco und Liliann Cocktails mixte.

Sieben

«Die schöne Unbekannte an der Seite von Raul Wolfe.» Die Überschrift in Riesenlettern war der Aufmacher der Klatschspalte.

«Genau das habe ich befürchtet.» Nora warf die Zeitung Alejandro vor die Füße, der soeben mit einem reich beladenen Frühstückstablett in Noras Schlafzimmer kam.

Seelenruhig stellte er das Tablett ans Fußende des Bettes, hob die Zeitung auf und überflog den Artikel. Man hatte herausbekommen, dass die Unbekannte in Noras kleinem exklusivem Hotel wohnte. Das war auf Anfrage jedoch «wegen Umbauarbeiten» zwei Wochen lang geschlossen. So vermutete der Schreiber, dass Naomi eine Freundin des Hauses war. Ein paar Zeilen lang wurde über die Dreharbeiten zu Rauls neuem Film geplaudert, um Naomi dann am Schluss gar als potenzielle Verlobte zu handeln.

«Ich traue mich gar nicht aus dem Haus. Womöglich lauern da draußen Reporter.» Nora war fast außer sich vor Wut.

«Du weißt, dass du übertreibst. Die Dreharbeiten auf Mallorca sind beendet. Raul Wolfe wird jetzt abreisen. Und schon ist die da vergessen.» Er schnippte mit den Fingern gegen das Foto in der Zeitung.

«Versteh doch. Ich habe Angst, dass es Gerüchte gibt, über das, was wir hier tun.»

«Weiß ich ja. Aber deine Sorge ist doch unbegründet.»

«Die Familie würde sich das Maul zerreißen und mir sofort wegen irgendwelcher Unterlassungen, Vergehen oder sonstiger an den Haaren herbeigezogener Sünden wieder ihre Anwälte auf den Hals hetzen.» Nora plante gegen den Willen der restlichen adligen Verwandtschaft ihres verstorbenen Mannes, eins der Landgüter an einen finnischen Regisseur zu verkaufen, und wusste genau, dass der Familie jedes Mittel recht war, um ihr Vorhaben zu sabotieren. «Solche Schlagzeilen kann ich überhaupt nicht gebrauchen. Ich hätte nicht übel Lust, Patricia den Hals umzudrehen und Naomi dazu.»

Alejandro warf zwei Stück Zucker in eine dickbauchige Kaffeetasse und goss dann gleichzeitig heiße Milch und schwarzen Kaffee dazu. Er rührte sorgfältig um, bis der Zucker sich aufgelöst hatte, setzte sich dann auf die Bettkante und reichte Nora die Tasse: «Du solltest statt Kaffee vielleicht besser Beruhigungstee trinken.»

«Wir hatten eine klare Absprache. Niemand außer uns erfährt von den Treffen und von dem, was wir hier tun. Und das heißt doch wohl ganz klar, dass niemand einen Gast mitbringt.»

«Du hättest nein sagen können. Patricia hat uns gefragt, ob sie die Frau mitbringen kann.»

«Sie hat mich überrascht. Ich konnte so schnell nicht reagieren.»

«Du warst gespannt auf sie und wolltest frisches Blut in unsere Runde bringen. Es ist doch langweilig. Immer dieselben Frauen und nur andere Männer.» Er begann, Noras Nacken und Schultern zu massieren, bis sie wohlig schnurrte. «Es wäre vielleicht gar keine schlechte Idee, künftig statt der vier Männer zwei Männer und zwei Frauen zu engagieren», sinnierte er, während er weitermassierte und dann begann, Noras Haare mit den Fingern zu kämmen.

«Tu nicht so selbstlos. Du denkst dabei an deinen eigenen Spaß.»

«Nicht nur.»

«Was war das überhaupt für eine Aktion mit der folienverpackten Naomi?»

«Diego und ich wollten ihr eine Lektion erteilen. Der Schuss ging nach hinten los. Es hat ihr gefallen.»

«Euch auch.»

«Stimmt.»

«Kathrin ist wütend, weil sie Diego exklusiv haben wollte und Naomi ohnehin nicht ausstehen kann. Patricia ist sauer, weil es ihr nicht gefällt, dass du die Foliennummer mit einer anderen gemacht hast. Sie behauptet, dass sei ursprünglich mal ihre Idee gewesen.»

«Mmh.» Der Spanier gab vor, voll und ganz auf Noras Haarpracht konzentriert zu sein.

«Ich befürchte das Schlimmste, was die Presse und die bucklige Verwandtschaft anbetrifft. Luis ist maulig, weil er Naomi am liebsten nicht mehr aus seinen Fängen ließe und die ständig Eskapaden macht. Diego hat meine Köchin vergrault, die jetzt schmollend ins Dorf gefahren ist und mir mit Kündigung droht. Jaime und Paco liegen nur faul am Pool. Ich frage mich, wofür wir sie bezahlen, und Liliann ertappe ich vorhin, wie sie mit ihrer verfluchten italienischen Starköchin telefoniert. Jetzt fehlt nur noch, dass die auch noch hier auftaucht.» Nora griff sich theatralisch an die Stirn. «Davon bekomme ich Migräne.»

«Wäre aber das erste Mal.» Ungerührt von dieser Litanei, schob er Nora einen Löffel frischen Fruchtsalat in den Mund, versorgte sich dann selbst und sagte im Hinausgehen: «Ich kümmere mich um alles.»

«Wie und was will er denn tun?», fragte Nora sich. Nachdem sie den Fruchtsalat mit altem Brandy aus der Notfallapotheke im Bad verfeinert und eine große Portion davon vertilgt hatte, war sie etwas ruhiger, streckte und reckte sich und beschloss, noch ein Nickerchen zu machen, bevor sie sich der feindlichen Welt da draußen stellte. Später sollten Jaime und Paco etwas für die großzügige Bezahlung tun, die sie erhielten. Allein der Gedanke daran machte sie angenehm geil und schläfrig.

Paco hechtete mit einem Satz aus dem Wasser und schwang sich auf den blau gefliesten Rand des Pools.

«Du wirst morgens wach, und die Sonne lacht dich an», schwärmte er.

«Gut beobachtet», spottete Jaime.

«Ich weiß ja nicht, wie du sonst lebst. Wahrscheinlich auch in der Diaspora, wo es kalt und verregnet ist.»

«Auf Mallorca kann es auch mal schneien, und es kann sogar zu Überschwemmungen kommen. Sollte selbst dir nicht entgangen sein.» Jaime war einerseits zu faul, um sich zu unterhalten, andererseits kam ein bisschen Abwechslung zur rechten Zeit. Nora hatte miese Laune. Wie überhaupt alle plötzlich mies drauf waren. Ihm sollte das eigentlich egal sein, aber er hatte sich von der einen Woche auf Mallorca doch anderes versprochen. Es hatte sich so gut angelassen.

Was war nur mit den Frauen los? Unterschwellig brodelte Unfrieden.

«Wenn ich nicht durch meinen Laden so gebunden wäre, würde ich glatt überlegen, mich auf der Insel als Gärtner zu betätigen …» Paco lachte verlegen. «Hirngespinste halt.»

«Träume», korrigierte Jaime. «Wenn man keine Träume mehr hat, kann man gleich einpacken.»

«… mit einer eigenen Firma natürlich. Hier arbeitet man doch für Leute, die nicht jeden Cent umdrehen müssen. Schauspieler, Banker, reiche Erben.»

«Immobilienhaie und Konsorten. Hätte ich keinen Bock drauf.»

Paco stand auf und schlenderte zu Jaimes Liege. Er schlang ein Handtuch um seine Hüften und setzte sich neben ihn auf einen von der Sonne gewärmten Stuhl aus Teakholz. «Was machst du eigentlich in Deutschland?»

«Studieren.»

«Die Frauen?» Paco lachte anzüglich.

«Kunst und Architektur.»

«Als Student braucht man Geld. Schon klar.»

«Man braucht immer Geld. Ist dein Laden etwa eine Goldgrube?»

«Genau das Gegenteil. Die Zeiten sind hart. Glaubst du, ich wäre sonst hier?»

«Warum denn nicht? Ich kann mir unangenehmere Arten vorstellen, mein Geld zu verdienen.»

Sie schwiegen sich eine Weile an. Dann fragte Jaime: «Weißt du, was gestern in der Küche zwischen Diego und Naomi vorgefallen ist? Haben die es auf der heißen Herdplatte getrieben, oder was ist passiert?»

Paco zuckte mit den Schultern. «Keine Ahnung, aber seitdem hängt der Haussegen schief. So viel steht fest.»

Nora war unbemerkt zu den beiden Männern herangetreten und hatte dem Gespräch gelauscht. Jetzt tat sie so, als wäre sie eben erst hinzugekommen, tippte

Jaime auf die Schulter und fragte: «Würdest du mich begleiten? Ich will zum Malen in die Berge fahren.»

«Gern.» Voller Vorfreude sprang Jaime auf. Der Tag schien sich ja doch noch gut zu entwickeln. Nora bot in den grünen Leinenshorts, der Bluse im bunten Dschungellook und dem derben Schuhwerk einen eher sportlichen als verführerischen Anblick. Genau das gefiel ihm. Sie spielte nicht den Vamp oder die herrische Domina, wenn ihr nicht danach war. Nora war eine Frau, die wusste, was sie wollte, und die verstand, ihren Kopf durchzusetzen. «Der geile Vamp ist sie nur, wenn sie sich über die Badewanne beugt und mich auffordert, sie zu ficken», dachte Jaime. Er erinnerte sich nur zu gern an die Episode in Noras Bad und Schlafzimmer und war keineswegs abgeneigt, die Szene zu wiederholen.

«Ich zieh mich rasch um. Gibst du mir einen Skizzenblock?»

Sie winkten Paco kurz zu und verschwanden dann Hand in Hand im Haus.

«Bravo. Und was mache ich jetzt?» Paco blickte sich um. Er war allein. Wie verlassen lag die Finca da. Die Fensterläden waren zum Schutz vor der Sonne geschlossen. Kein Laut war zu hören. Alle schienen sie ausgeflogen zu sein.

Wie von selbst glitt seine Hand unter die Badehose und strich über seinen Schwanz, der nicht viel Ermunterung benötigte, um zum prallen Leben zu erwachen.

Aus Vorsicht schob er die Badehose ein Stück die Beine hinunter und legte ein Handtuch über seine Erektion. Gerade so weit, dass auch die Badehose verdeckt war. Natürlich würde ein guter Beobachter sofort erkennen, was er unter dem roten Frottier tat, und noch wahrscheinlicher war wohl, dass er sich hier weder beeilen noch verstecken musste. Doch keiner konnte aus seiner Haut. Nachdem seine Mutter ihn einmal in der Dusche erwischt hatte, wie er sich, umgeben von nebligen Wasserdämpfen, einen von der Palme wedelte, achtete er seither bei dieser Handarbeit darauf, unsichtbar, schnell, leise und effektiv zu sein.

Er griff mit der linken Hand die Schwanzwurzel und presste den Schaft so fest, als wollte er ihn ausdrücken. Danach klemmte er ihn zwischen Daumen und Zeigefinger und drückte mit der flachen Hand gegen die geschwollenen Hoden, während er mit der linken Hand die Vorhaut rauf- und runterzog. So fest er mit der linken Hand auch zugriff, so zart und vorsichtig agierte die rechte Hand. Er genoss die süße Qual dieser Sanftheit. Diesmal ließ er sich sogar mehr Zeit als üblich und registrierte die kleinen Wellen, die kurz vor der Ejakulation die Blase und den Hintern durchliefen, als könnten sie das Sperma beschleunigen und hochspülen.

Paco bog den Kopf weit nach hinten, sodass sein Adamsapfel hervortrat, was ihn schutzbedürftig erscheinen ließ. Falten der Konzentration und Anspannung zeichneten sich auf seiner Stirn ab. Die Augen fest geschlossen, presste er die Lippen zusammen, damit kein lauter Ton zu hören war. Hinter geschlossenen Lidern sah er Patricia, er spürte sie, er roch die Süße ihrer Möse und er hörte ihre strenge Stimme, die ihm befahl zu spritzen. Jetzt.

Mit einem heftigen Ruck wurde das Handtuch fortgezogen.

Erschreckt öffnete Paco die Augen.

«Du wirst von uns dafür bezahlt, dass du alles aufsparst. Jeden Tropfen. Was also tust du hier ohne mich?» Patricia drückte ihn fest auf die Liege zurück. Es gab für ihn keine Fluchtmöglichkeit.

Verführerisch und gleichzeitig gierig wie eine Wölfin, die ihre Lefzen schmatzen lässt, bevor sie die Zähne in die Kehle des Opfers schlägt, so leckte Patricia sich über die Lippen.

Dann umschloss ihr Mund den heißen Schaft. Anfangs umfuhr sie die Eichel mit der Zunge, mit besonders viel Speichel, um es für ihn so glatt und geschmeidig wie möglich zu machen. Doch dann sog sie so fest, dass sich ein leichtes Vakuum bildete und ihre Wangen wie bei einem Grimassen schneidenden Kind schmal und hohl wurden und sich nach innen wölbten. Paco stöhnte gequält auf, doch sie kannte noch keine Gnade.

«Lass mich zusehen.» Er stützte sich mit den Unterarmen auf der Liege ab, um Patricia beim Blowjob zuzusehen. Das war eigentlich schon der letzte

Kick, den er noch benötigte, um endlich erlöst zu werden.

Zwei Sekunden, bevor er sein Sperma hinausschleuderte, riss sie sich von ihm los. Er stand so unter Druck, dass er es nicht mehr stoppen konnte und ins Leere spritzte.

«Strafe muss sein», spottete sie. «Wenn du wieder einsatzfähig bist … du findest mich in meiner Suite.» Ohne sich noch einmal umzudrehen, ging sie zum Haus.

Paco zu überraschen, nachdem sie vom Fenster aus beobachtet hatte, wie er sich am Pool langweilte, hatte Spaß gemacht. Trotzdem fühlte sie sich jetzt nicht ausgeglichener, geschweige denn befriedigt.

Dieses Mal entwickelte sich der erotische Kurzurlaub bei Nora völlig anders als die Male zuvor. Sie glaubte nicht, dass sie erholt und entspannt nach Deutschland zurückkehren würde. Anzeichen dafür waren ihre ruhelosen Gedanken, die sich zunehmend mit dem Büro, den Kunden und sogar Carl beschäftigten. Am Morgen war sie in Versuchung gewesen, im Büro anzurufen, und hatte sogar kurz gehofft zu erfahren, dass ihre Anwesenheit unabdingbar war.

Doch wenn «die Hütte brannte», wie ihre persönliche Assistentin es zu nennen pflegte, wusste die, wie sie Patricia erreichen konnte. Alles blieb ruhig. Kein Katastrophenalarm, und gerade das machte sie zunehmend nervös.

Naomi.

Am Flughafen, vor der Abreise nach Mallorca, hatte sie blitzartig erkannt, dass ihre spontane Idee, ihre Kosmetikerin einzuladen, ein Fehler war. Aber war es fair, Naomi allein schuldig zu sprechen?

Kathrin wäre die richtige Diskussionspartnerin. Kathrin war immer auf Gerechtigkeit und Fairness bedacht. Das lag in ihrer Natur und machte sie beruflich so erfolgreich. Kathrin würde vielleicht die Männer ins Spiel bringen, die Alejandro dieses Mal nicht mit der üblichen glücklichen Hand ausgewählt hatte. Oder sie würde sagen, dass aus ihren Treffen die Luft raus war. Alles im Leben hatte seine Zeit. Sie sollten in Erwägung ziehen, etwas zu ändern.

Patricia griff sich in der Halle im Vorbeigehen zwei duftende Orangen aus dem Obstkorb und jonglierte kurz mit ihnen, bevor sie mit langsamen, vorsichtigen Schritten zu ihrer Suite ging, die an Kathrins angrenzte und sogar über eine Verbindungstür verfügte.

Sie blieb im Flur stehen und lauschte. Doch als sie drinnen Diegos leises Lachen hörte, verwarf sie den Gedanken an eine Unterhaltung mit der Freundin. Sie würde sich auf den Balkon setzen, die Orangen genießen und sich, wenn Paco bis dahin nicht aufgetaucht war, anschließend die Haare waschen. Das war ihr Allheilmittel für Krisen außerhalb des Börsengeschehens.

Nachdem Patricia verschwunden war, fuhr Paco sich gerade irritiert mit beiden Händen durch sein blondes Haar, als er hörte, wie im Haus ein Fensterladen geschlossen wurde.

Es hatte einen Zaungast gegeben, der sie beide beobachtet hatte. Pacos Gefühle schwankten zwischen Scham und Stolz.

Wer wohl der Spanner war? Diego und Kathrin, Liliann, Luis, Naomi und Alejandro, die sechs waren noch im Haus, abgesehen vom Dienstpersonal. Nora und Jaime waren sicher schon aufgebrochen.

Er dachte träge darüber nach, von wem er am liebsten beobachtet werden würde, kam jedoch zu keinem Ergebnis. Im Grunde war es ihm peinlich, wenn man ihm beim Sex zusah. Das Spiel am ersten Abend, als Diego vor den Augen aller gewaschen wurde und das intimere Treiben im Anschluss daran, als Patricia Alejandro und ihn gleichzeitig vernaschte, hatte ihn in ziemliche Bedrängnis gebracht.

Er wollte nicht alle Schuld auf seine Mutter laden. Aber Nacktheit, Erotik, Sex waren in seinem Elternhaus verpönt gewesen. Wenn man nur mal den Bademantel vergessen hatte und schnell nackt aus dem Bad über den Flur sprang, um auch schon wieder im eigenen Zimmer zu verschwinden, wurde man garantiert dabei ertappt, und es gab eine Strafpredigt. Nackt war gleich unkeusch. Einige Male hatte er vergeblich versucht, seine Mutter davon zu überzeugen, dass ihre Einstellung falsch war.

«Adam und Eva waren auch nackt.»

«Nur ganz zu Anfang. Dann haben sie sich bedeckt. Und so muss das auch sein. Wir sind eine anständige Familie.»

Seine Mutter führte ein eisernes Regiment. Sie trieb jeden in der Familie an, fleißig, ehrlich und rechtschaffen zu sein. Rechtschaffen. Eins ihrer Lieblingswörter.

«Ist doch kein Wunder, dass unser Vater einen Herzinfarkt bekommt», meinte sein Bruder Gunther, den es auch überhaupt nicht wunderte, dass dem ersten Infarkt ein zweiter folgte.

Gunther lebte sein eigenes Leben. Er glaubte nicht, dass mit der Landschaftsgärtnerei viel zu verdienen sei. Er hatte die Idee mit der Sprossenzucht und setzte sie sogleich erfolgreich um. Gunthers sicheres und zuversichtliches Auftreten öffnete ihm die Tür der Bank, wo man ihm bereitwillig das benötigte Darlehen gewährte.

Und er selbst? Paco starrte auf das blaue Wasser des Swimmingpools. Soweit hatte er es also gebracht: Er ließ sich als Sexboy anheuern, damit er die Raten für die Kredite zahlen konnte.

Er sah noch einmal zur Finca und betrachtete eingehend jedes Fenster. Niemand war zu entdecken. Die Finca lag wie ausgestorben.

Da sprang er ein weiteres Mal in den Pool, um wieder zu Verstand zu kommen und sich frisch zu fühlen, wenn er gleich Patricia in ihrer Suite aufsuchen würde. Schließlich bekam er sein Geld nicht fürs Rumsitzen. Das hatte sie ihm klar zu verstehen gegeben.

Diego war es endlich gelungen, Kathrin davon zu überzeugen, dass er gemeinsam mit Alejandro geplant hatte, Naomi eine Lektion zu erteilen, dass es mehr nicht gewesen war. Jetzt lagen sie entspannt auf Kathrins Bett und beobachteten von dort durch die offene Balkontür eine Eidechse, die auf dem Balkongeländer entlangbalancierte.

«Die Idee mit der Folie stammt von Alejandro. Er kann Naomi nicht ausstehen, und ich bin an ihr als Frau überhaupt nicht interessiert. Sie hat einen schönen Körper, aber nicht allzu viel Verstand, denke ich.»

«Seit wann besteht von Seiten der Männer wirkliches Interesse am Verstand einer Frau?» Kathrin war zu müde, um ihre Frage so aggressiv klingen zu lassen, wie sie es normalerweise getan hätte.

«Du meinst: *Dumm bumst gut*. Spielst du darauf an?»

«Vielleicht.»

«Ich persönlich bin davon nicht überzeugt. Ich glaube vielmehr, dass es Intelligenz und Phantasie braucht, um wirklich guten Sex miteinander zu haben.» Diego bemühte sich, alle ihm zur Verfügung stehende Überzeugungskraft in seine Sätze zu legen.

«So gesehen, hast du deine Phantasie an Naomi verschwendet.» Kathrin wollte ihm glauben und fragte sich, warum es ihr überhaupt so viel ausmachte, dass er mit Alejandro und Naomi *Mumienfreuden* auslebte. Sie hatte doch kein Exklusivrecht an Diego erworben. Ebenso gut hätte es Liliann oder Patricia sein können, mit denen sie Diego hätte teilen müssen. So hatten sie es in der Vergangenheit auch stets gehalten.

Wäre das für sie in Ordnung gewesen? Lag es vielmehr daran, dass es ausgerechnet die jüngere, attraktive Naomi war? Patricias Mitbringsel, die nicht zu ihrem eingeschworenen Kreis gehörte und sich trotzdem frech und dominierend dazwischen drängte?

«Nun hör schon auf, darüber nachzudenken. Wir wollten ihr einfach eine Lektion erteilen, aber es ist uns nicht ganz geglückt. Naomi schien es sogar gefallen zu haben, und ihr seid zu früh zurückgekommen und habt alles missverstanden. Punkt.»

«Du findest also auch, dass erotische Spiele den Reiz erhöhen?»

«Unbedingt.» Er ahnte bereits, dass sie nicht nur so daherredete, sondern etwas ganz Bestimmtes im Sinn hatte, und schwankte zwischen Vorfreude und verhaltener Vorsicht.

«Alles in Ordnung?», fragte Kathrin einige Zeit später. Besorgt betrachtete sie Diego, der nackt vor ihr auf dem Bett lag und ihr nun doch etwas unsicher dabei zusah, wie sie einen Trockenrasierer, Rasierschaum und einen Nassrasierer sowie beruhigende und kühlende Lotion neben sich auf das Laken legte.

«Ja. Alles okay.» Er nickte ihr aufmunternd zu, obwohl er gar nicht so zuversichtlich war. Er hatte zwar sein Einverständnis gegeben, dass sie ihn rasierte, aber als es jetzt ernst wurde, war er von dieser Idee nicht mehr so überzeugt wie noch vor zwei Stunden, als Kathrin scheinbar harmlos und ohne Hintergedanken gesagt hatte: «Weißt du, dass sich Bodybuilder vor dem Auftritt rasieren?»

«Dafür habe ich mich bislang nicht interessiert.»

«Sie tun es.»

«Du meinst, sie rasieren die Achseln und die Brusthaare?»

«Nein. Sie rasieren sich überall.»

«Und woher weißt du das?», hatte er wissen wollen. «Hast du mal einen Bodybuilder vor Gericht vertreten? Und als Dank hat er dir nachher sein Geheimnis verraten?»

«Ich habe mal einen rasiert. Bevor wir einander den Verstand rausvögelten.»

«Wann war das?»

«Ist eine Weile her. Aber ich könnte es sicherlich noch.»

«Den Verstand rausvögeln?»

Kathrin lächelte und griff in seinen Schritt und flüsterte: «Ich könnte dich rasieren. Würde dir das gefallen?»

Er hatte einen Augenblick nachgedacht und versucht sich vorzustellen, wie es sich anfühlen würde, *dort* rasiert zu werden. Es würde eine ganz neue Erfahrung sein. «Einverstanden. Wenn ich mich danach revanchieren darf.»

«Sicher. Gleiches Recht für alle.»

Da waren sie nun. Nackt. Und er wartete darauf, dass Kathrin aktiv wurde.

Sorgfältig, als täte sie es zum ersten Mal, steckte sie den Stecker des Rasierers in die Steckdose. Der Apparat in ihrer Hand begann zu brummen. Umsichtig rasierte Kathrin den äußeren Schamhaarbereich mit dem Langhaarschneider. Diego spürte seine Anspannung und die Vibrationen, die der Apparat ausstrahlte. Eine Gänsehaut rieselte ihm über Arme und Beine.

Sorgsam legte Kathrin seinen Penis jeweils zur Seite und hielt schützend die Hand darüber, damit sie ihn nicht versehentlich mit dem Rasierer verletzte. Seine Hoden schienen sich ängstlich zurückzuziehen und sahen wie verschrumpelte Äpfelchen aus.

«Spreiz die Beine und heb den Hintern etwas an. Ich will den Spalt rasieren.»

«Welchen Spalt? Um Gottes willen, pass auf.»

«Entspann dich.» Beruhigend streichelte sie seine Lenden. Kurz darauf zückte sie eine kleine Schere und widmete sich den filigraneren Arbeiten an den Hoden. Danach betrachtete sie mit zufriedener Miene ihr Werk.

«Das war der erste Schritt.» Sie schüttelte die Flasche mit dem Rasierschaum und sprühte den vorbereiteten Bereich damit ein.

Diego zuckte zusammen und lachte. «Das ist kalt.»

«Es wird gleich warm.»

Er schloss ängstlich die Augen, als sie mit der Rasierklinge die kurzen Haare abschabte.

«Ich rasiere regelmäßig meine Beine und die Bikinizone, ich kenne mich da aus», plauderte sie beruhigend vor sich hin, während sie konzentriert zu Werke ging. Dabei schob sie unbewusst ihre rosa Zungenspitze zwischen Zähne und Lippen. «Glaube mir, richtig schmerzhaft ist es, wenn die Haarentfernung mit Wachs gemacht wird. In der Bikinizone. Kosmetikerinnen, die das tun, sind die wahren Sadistinnen.» Die Klinge schabte unnachgiebig um seinen Penis, der sich vorwitzig aufrichtete. «Jetzt schau dir den an. Ich glaube, deinem Schwanz gefällt, was er sieht.» Schmunzelnd wischte Kathrin mit einem nassen Tuch die letzten Schaumspuren fort. Zwei winzige Blutströpfchen waren zu sehen. Die Haut war ein wenig gereizt und gerötet, daher legte sie ihre angenehm kalten Hände auf den rasierten Bereich. Diego genoss diese nie zuvor erlebte Empfindung. Er fühlte sich sexy und mutig. Nun verteilte sie zwischen ihren Handflächen die beruhigende und angenehm duftende Lotion, die sie danach mit sanftem Druck verrieb. Seine Hodenbällchen sahen rosig und frisch aus. Die Lust kehrte zurück und stellte sich ihr entgegen.

«Da. Schau.» Sie gab ihm einen kleinen silbernen Handspiegel, dessen Griff mit einem nicht mehr lesbaren Monogramm verziert war.

Fast mit Stolz betrachtete er die vorgenommene Veränderung. Mit Sicherheit aber mit zunehmender Erregung. «Und danach habt ihr euch den Verstand rausgevögelt?», fragte Diego grinsend.

«Genauso war es.» Kathrin nickte. Sie war scharf und wollte nicht auf die eigene Rasur warten, auch wenn es in ihrer Zone nicht viel zu rasieren gab, weil sie dies regelmäßig selbst tat. Aber nichts war vergleichbar mit dem Gefühl, rasiert zu werden.

Ihre Möse war nass und bereit, die Klit hatte sich bereits wie Diegos Schwanz aufgestellt.

«Bleib einfach so liegen.» Sie kniete sich entschlossen über ihn, wobei sie ihm den Rücken zuwandte, beugte sich dann ein Stück vor und spreizte mit den Händen die Pobacken auseinander, sodass sie ihm freie Sicht auf ihre rosige feuchte Spalte gewährte. Dann ließ sie sich auf ihm nieder wie in einen bequemen Sessel.

Geschmeidig glitt er tief in sie hinein und begann sofort mit den langen langsamen Stößen, die er so sehr liebte, weil sie ihm das Gefühl gaben, endlos so weitermachen zu können. Rammelte er schnell und freudig erregt drauflos, brauchte er nicht lange, um zum Erguss zu kommen. Doch hielt die Befriedigung seiner Lust danach meist nicht lang genug an. Schnelle Ficks und Quickies konnte er mehrmals am Tag haben. Das war wie Fastfood essen bei McDonald's. Nach einer Stunde war man wieder hungrig und steuerte unweigerlich den nächsten Imbiss an.

Nein. Diego war im Grunde seines Herzens, seines Magens und Schwanzes ein Genießer und ein Verfechter der Interessen der Slowfoodgemeinde. Und diese neue Erfahrung musste definitiv ausgiebig gefeiert werden.

Er genoss die tiefen Stöße in Kathrins Möse und erfreute sich am Anblick ihres breiten Hinterteils, das die sahnige Süße zweier Cremetörtchen besaß, die mit rosa Fruchtsirup gefüllt waren, der auf der Zunge zerging und einen sofort nach mehr gieren ließ.

Acht

Jaime und Nora saßen mit dem Rücken am Stamm eines alten Olivenbaumes. Sie hatten die Augen geschlossen. Die Sonne stand hoch am Himmel und hatte sie in den Schatten getrieben. Von irgendwoher drang vereinzelt das verhaltene Blöken der Schafe, die sich, so vermutete Jaime, ebenfalls zu einem Nickerchen zurückzogen. Es roch nach Hitze und Staub. Den frischen würzigen Geruch, der von Zeit zu Zeit mit einer leichten Brise heranwehte, kannte er nicht.

Die Skizzenblöcke lagen unbeachtet neben dem kleinen Picknickkorb, aus dem sie sich mit Oliven, Käse, Brot und Wein gestärkt hatten.

Jaime streckte die müden Glieder, öffnete die Augen und gähnte herzhaft. «Ich könnte den Rest meines Lebens so verbringen. Faul unter einem Olivenbaum.»

«Wer möchte das nicht?» Nora sah ihn jetzt eindringlich an, zwirbelte einen dünnen Zweig zwischen den Fingern und strich damit zart über Jaimes bärtige Wange. «Spürst du das überhaupt unter den Barthaaren?»

«Mmh. Angenehm. Wie das Kitzeln von Käferbeinen auf der Haut.» Er hielt die Augen geschlossen, um sich von nichts ablenken zu lassen außer vom besagten Duft, der gerade wieder heranwehte.

«Könntest du dir vorstellen, den Urlaub auf Mallorca zu verlängern?» Sie erschrak selbst mehr über die Frage als er.

«Was meinst du damit?»

«Es sind doch gerade Semesterferien?»

«Stimmt.»

«Aber du hast Verpflichtungen in Deutschland? Eine Freundin? Einen Job in den Semesterferien?»

«Ich habe Verpflichtungen. Finanzielle.»

«Und?»

«Und eine Freundin. Und keinen Job in den Ferien.»

«Und was weiß deine Freundin? Von Mallorca, meine ich.»

«Das Wesentliche jedenfalls nicht. Und ich kann nicht behaupten, dass ich mich dabei gut fühle.» Er streckte sich erneut und machte auf Nora keinen unzufriedenen Eindruck.

«Aber es ist, wie es ist.»

Ehe er sich versah, erzählte er Nora von seinen Schulden und davon, dass Claudia glaubte, er würde bei einem Freund im Sportstudio aushelfen.

«Wenn du nun länger aushelfen würdest?» Noras Herz klopfte bei dieser Frage heftig bis zum Hals. Sie glaubte, man müsse den pochenden Schlag sehen können, der ihr das Atmen erschwerte. Verflixt nochmal. Sie war gerade dabei, selbst die Regeln zu durchbrechen. Sie war nicht besser als Patricia oder Liliann. Sie war eine Frau, die voller Sehnsucht war, sich verlieben konnte und noch nicht alle Träume verloren hatte. Stop. Hatte sie sich etwa in Jaime verliebt? Sie wagte nicht weiterzudenken.

«Ich weiß nicht, ob Claudia das glauben würde.» Er sah seine Freundin schon genau vor sich, wie sie ihm die Hölle heiß machte. Aber war es das etwa nicht wert? War Nora es nicht wert?

Martin hatte nicht zu viel versprochen. Jaime lernte von Nora nicht nur beim Sex. Wenn er ihr beim Malen zusah, sprang ein ganz besonderer Funke zwischen ihnen hin und her. Sie waren füreinander die perfekte Inspiration.

Jetzt. Hier und heute. Nur das war wichtig.

Er wollte ja nicht den Rest seines Lebens mit ihr verbringen. Sie bot ihm doch nur an, ein paar Wochen länger auf Mallorca und in ihrem Haus zu bleiben. Vielleicht würde sie ihm Türen öffnen, die sonst die nächsten Jahre für ihn verschlossen blieben? Möglicherweise stellten sich gerade jetzt die Weichen für seine künstlerische Zukunft?

«Ich möchte auf keinen Fall deine Beziehung zerstören.» Nora fuhr sanft mit den Fingerkuppen über seine gerunzelte Stirn und strich mit dem Daumen seine wild wachsenden Augenbrauen glatt. Dann blickte sie ihn nur noch schweigend an und versuchte, seine Gedanken zu lesen.

Jaime wog die beiden Frauen gegeneinander ab. Er sah sie bildlich vor sich. In der einen Waagschale stand Nora, in der anderen Claudia. Wie war das doch gleich? Welche Waagschale zeigte den Sieger an? Die oben oder die unten? Er wusste es nicht mehr und entschied sich kurzerhand aus dem Bauch für Nora. Doch bevor er ihr seine Entscheidung sagen konnte, kam sie ihm zuvor.

«Du kannst es dir noch zwei Tage lang überlegen. Dein Rückflug geht erst übermorgen.» Entschlossen stand sie auf und griff sich den Skizzenblock. Ihr Herz schlug weiter viel zu schnell, und ihre Hände zitterten.

«Ich kann das Claudia sicher irgendwie erklären.» Er nickte wie zur eigenen Bestätigung. «Das klappt schon», sprach er sich Mut zu.

«Für vier Wochen?», fragte Nora leise.

Er setzte sich auf und sprang dann mit einem Satz auf die Beine. «Vier Wochen.» Er hielt ihr seine Hand hin. Lachend schlugen sie ein wie zwei erfahrene Viehhändler.

Als bald darauf der Olivenbaum durch ihre flinken und sicheren Striche auf ihrem Block Gestalt annahm, ging ihr erst auf, dass sie nicht über die Bezahlung gesprochen hatte. Würde es Jaime beleidigen, wenn sie ihn wie bisher bezahlte? Er hatte ihr von seinen Schulden erzählt, die die einmalige Summe, die er bislang für seinen Einsatz auf Mallorca erhielt, wohl nicht decken würde.

Sie warf ihm einen raschen Blick zu. Jaime stand mit nacktem Oberkörper im Schatten eines zweiten Baumes und skizzierte den terrassenförmig angelegten Hain, auf dem sich nun wieder ein paar verirrte Schafe tummelten.

Nora wollte lieber einen günstigeren Moment abwarten, um die Bezahlung zur Sprache zu bringen.

«Schenkst du uns noch von dem Wein ein?» Wie beiläufig schlenderte sie zu ihm hinüber und küsste ihn intensiv auf den Mund.

«Mehr, mehr», raunte er und zog sie hinab auf den Boden.

Während er sie küsste, mit der Zungenspitze ihre Mundwinkel erforschte, um sich dann in die weiche Höhle vor zu wagen, wo er ihre Zunge mit seiner umbalzte, bevor er mit leisem Stöhnen endlich in ihre Mundhöhle stieß, wunderte sie sich einmal mehr, dass seine Küsse sie so erregten. Seine Zunge war weich und geschmeidig, nichts blieb von ihr unerforscht. Neugierig und zielstrebig zugleich drang sie voran und ein und traf auf keinen Widerstand.

Nora empfing diese Küsse mit sehnsuchtsvoller Erwartung, wusste sie sie doch als stimulierendes Vorspiel zu nehmen.

Der heiße Strom floss erneut durch ihren Leib. Küsse waren ihr nun nicht mehr genug. Sie wollte ihn in sich spüren, wollte gepfählt werden und nicht länger warten.

Als sie aus ihrer sportlichen Kleidung schlüpfte,

tat er es ihr gleich und legte sich dann auf die Picknickdecke, durch die kleine Steine und Wurzeln in seinen Rücken drückten.

Dessen ungeachtet streckte er wie ein Bettler, der um Almosen fleht, seine Arme nach Nora aus. Breitbeinig stand sie über ihm und präsentierte ihm ihre nasse Frucht. Sie spreizte die Beine noch weiter und ging etwas in die Knie, so dass er einen noch besseren Einblick bekam. Dieser fuhr ihm direkt in den Schwanz.

«Wie lange willst du mich so quälen.» Er versuchte sie hinunterzuziehen, um in sie einzudringen. Wenigstens für einen kurzen Moment. Doch sie wich ihm aus und drehte sich um hundertachtzig Grad, beugte sich geschmeidig hinab und berührte mit den Handflächen die Decke. Provozierend klaffte ihre Spalte unmittelbar über seinem Gesicht. Langsam ließ sie sich noch ein Stück weiter hinab, hockte über ihm, als wollte sie ihre Blase entleeren. Im gleichen Moment wurde sein harter Penis von ihr verschlungen. Mit weichen Lippen rammte sie sich sein heißes Fleisch in den Schlund und begann heftig zu saugen. Dies alles tat sie, ohne ein Wort zu sagen. Nicht einmal schweres Atmen ließ sie hören.

Als sie spürte, wie die Eichel in ihrem Mund noch einmal bedrohlich anwuchs, sich Jaimes Leib aufbäumte und seine Zunge wie verzweifelt in ihre Möse stieß, hörte sie auf. Sie drehte sich wieder um und ließ sich ohne Umschweife auf seinem hochexplosiven Schwanz nieder. Sie war ungeduldig, behielt aber die Kontrolle.

«Fick mich», kommandierte sie, wie damals in ihrem Badezimmer. «Stoß tief in mich hinein, bis ich deinen Schwanz an meinem Herzen spüre.» Ihre Stimme klang heiser, als würde sie ein Schluchzen unterdrücken.

«Jetzt», war alles, was Jaime noch sagen konnte, bevor er seine Finger in ihre Flanken krallte und losschoss.

Als sein Atem wieder ruhiger ging, sie beide aber noch nicht wieder im Hier und Jetzt angekommen waren, fasste er sich ein Herz und fragte Nora, ob sie die Stellung noch einmal wiederholen könnten und sie ihre Blase in seinen Mund entleeren würde.

«Du meinst *die goldene Fontäne*?»

«Bis vorhin, als du so über mir hocktest, habe ich nicht gewusst, dass ich das gern probieren würde.» Eigentlich war er vor sich selbst erschrocken. Aber das würde er ihr nicht gestehen.

«Und jetzt weißt du's?»

«Hast du es schon mal getan?»

«Und wenn?»

«Also hast du schon mal ...?» Er zog sie dichter an sich, und Nora bettete ihren Kopf in seine Armbeuge. So roch sie seinen vertrauten Duft und blickte, während sie sprachen, in den blauen Himmel, wo gemächlich blasse, verwehte Wolken ihres Weges zogen.

«Nicht in den Mund.» Sie holte tief Luft. «Es gab

mal einen Liebhaber, der mir gern dabei zusah. Er ist Modefotograf. Er wollte es fotografieren, wenn es aus mir herauslief. Später inszenierte er kleine Szenen, die er festhielt. Zum Beispiel wie es auf die staubige Straße prasselte. Überhaupt liebte er Straßenbilder. Ich habe auch mal in eine Pfütze gepinkelt, auf der ein schillernder Ölfilm schwamm. Es wurde eins seiner besten Fotos und erschien in einem Band über Fetische. Allerdings habe ich darauf geachtet, dass mein Gesicht nicht zu erkennen war.»

«Aber du hast nie – nie in den Mund …»

«Nie. Einmal auf seinen Schwanz. Während ich auf ihn pinkelte, spritzte er ab.»

«Magst du es?»

«Manchmal. Kommt auf die momentane Stimmung an.»

Er zog sie noch fester an sich und strich zart durch ihr Haar. Niemals hätte er das Claudia gefragt, geschweige ihr vorgeschlagen, ihn anzupinkeln. Claudia war immer so penibel und sauber und überaus korrekt. Woran lag es nur, dass er mit Nora so selbstverständlich und gelassen über Sex und seine Spielarten sprechen konnte, während er im Beisein seiner Freundin beim Gedanken an Analsex oder die goldene Fontäne vor Angst und Scham feuchte Hände bekam?

Als die Sonne tiefer stand, erwachten sie aus ihrem nachmittäglichen Schlaf. Von irgendwoher klang das traurige Spiel einer Flöte zu ihnen herüber.

«Nachmittag eines Fauns», murmelte Nora.

«Ja. Fehlt nur noch, dass so ein Bocksköpfiger hinter den Bäumen hervorspringt, um dich zu verführen.»

«Ooh, das stelle ich mir nett vor», spottete sie, «eine weitere Erfahrung, von der ich eines Tages zehren kann, wenn mich kein Mann mehr ansieht, weil ich alt und verschrumpelt bin.»

«Kein Faun könnte dir widerstehen.» Jaime stand ganz dicht vor Nora, die nicht mehr als ein Höschen trug. Ihre Nippel stießen gegen seine Brust, und er begann, wie unter Zwang, die steifen Wärzchen zwischen Daumen und Zeigefinger zu reiben.

«Fang nichts an, was wir nicht zu Ende bringen können.» Zärtlich löste sie seine Finger von ihren Brüsten. «Wir müssen zurückfahren, sonst werden wir noch auf die Verlustliste gesetzt.»

«Ich verspüre nicht die geringste Lust auf die anderen und ihren Smalltalk.» In Zeitlupe zog Jaime seine Kleidung an und begann, die Malutensilien in den flachen Holzkasten zu verstauen.

«Die Nacht ist noch lang», versprach Nora, verpackte die Staffelei, schulterte den Rucksack und machte sich auf den Rückweg, ohne sich danach umzudrehen, ob Jaime ihr folgte.

Alejandro hatte bemerkt, wie traurig Liliann war. Sie verschloss sich mehr und mehr den anderen oder verspritzte giftige Bemerkungen in die Runde, was nicht dazu beitrug, die ohnehin etwas angespannte Stimmung zwischen den derzeitigen Gästen der Finca zu entspannen. Alejandro wusste nur zu gut, dass Carla die Ursache für Lilianns Launen war. Um sie ein wenig abzulenken, hatte er Liliann den Ausflug nach La Raixa vorgeschlagen. Sie hatte nie davon gehört, glaubte, es sei ein verschlafenes Dörfchen, das er ihr zeigen wollte, weil dort vielleicht ein befreundeter Künstler lebte und arbeitete. Alejandro kannte viele Künstler, sehr bekannte und ein paar noch sehr unbekannte, die sich zum Arbeiten auf die Baleareninsel zurückgezogen hatten, um endlich den großen Durchbruch vorzubereiten oder um sich hier unter Pinien und Palmen vor Fans und Kunden zu erholen.

Alejandro half seiner Begleiterin beim Überklettern einer bröckelnden Balustrade, von der es auf La Raixa einige gab.

«Antonio Despuig, ein kunstnärrischer Kardinal, hat sich dieses Anwesen von italienischen Architekten erbauen lassen. Das war Ende des achtzehnten Jahrhunderts», erklärte er, wobei er eine umfassende Geste mit Armen und Händen machte, als wollte er das gesamte Anwesen umarmen. Es war deutlich zu sehen, wie sehr er von La Raixa ergriffen war. «Dieser Mann hat seine Spuren hinterlassen.»

Liliann gewann den Eindruck, dass Alejandro den Kardinal um das, was er geschaffen hatte, beneidete. Sie schlenderte mit ihrem persönlichen Reiseführer durch das zweite Tor und konnte kaum fassen, was sie sah. «Es sieht aus wie eine Bühnendekoration. Einfach unglaublich.» Sie wies mit der Hand auf eine rot bemalte Fassade, deren Brüchigkeit auch von der Farbe nicht verdeckt wurde. «Was für eine Inszenierung», schwärmte sie und ergriff Alejandros Hand.

«Jil Sander war derselben Meinung, was für ihren erlesenen Geschmack spricht. Sie wollte La Raixa unbedingt kaufen. Es gab ein langes Hinundhergerangel um Kompetenzen und Gelder und Ich-weiß-nicht-was, aber der Inselrat hat nun mal ein Vorkaufsrecht. Und so zieht hier bald die Spanische Nationalpark-Stiftung ein.»

«Du meinst, nachdem alles renoviert, saniert und herausgeputzt wurde, sodass vom bukolischen Charme nichts mehr übrig bleibt¿» Liliann drehte sich langsam um die eigene Achse und betrachtete den sie umgebenden Verfall, von dem selbst im gleißenden Sonnenlicht eine Faszination ausging, der man sich nicht entziehen konnte

«So wird es wohl kommen. Aber ich wollte dich mit unserem Ausflug aufmuntern und nicht noch trauriger machen.» Alejandro umfasste ihre Schultern, zog sie dicht zu sich heran und blickte ihr ins Gesicht. «Ich wusste, dass du das richtige Gespür hast, um zu erfassen, was für ein Mensch Antonio Despuig war. Warum er sich an die hundertfünfzig Zimmer in diese Residenz bauen ließ, Freitreppen, flankiert von Wasserläufen und Löwenstatuen und exotischen Pflanzen bis hin zu einem der größten mallorquinischen Binnengewässern.»

«Ein See? Wo?»

«Eine Zisterne. Achtundneunzig Meter lang und achtzehn Meter breit. Genau vermessen und abgezirkelt. Kein bisschen natürlich, aber dem damaligen Geschmack entsprechend.»

«Er muss sehr vermögend gewesen sein.»

«Und auch ein bisschen verrückt. Überleg mal: Vor zweihundert Jahren war Mallorca eine Insel der Bauern. Und da kommt ein reicher spanischer Adeliger daher, dessen Arbeitsplatz eigentlich in Rom liegt. Er ist aber von der verrückten Idee besessen, die italienische Renaissance auf dieses spanische Bauernareal zu holen, um hier seinen Lebensabend zwischen Wasserspielen, einer Miniatur-Akropolis, meterhohen Kakteen und vierzehntausend Bänden seiner Bibliothek zu verbringen. Also erinnert er sich an das Gut Raixa, das seiner Familie seit über hundert Jahren gehört, und beginnt mit der Umgestaltung.»

«Er erfüllte sich einen Traum.»

«Heute hat das etwas Inflationäres.»

«Sich einen Traum zu erfüllen?»

«*Träume nicht dein Leben. Lebe deinen Traum.* Das sind doch nur Sprüche aus dem Marketing. Ich frage mich immer öfter, gerade wenn ich an Orten wie diesem bin, ob es nicht vor zweihundert Jahren viel leichter war, seinen Traum zu leben.»

Alejandro war mit Liliann an der Zisterne angekommen. Blaugrün schimmernd lag die spiegelglatte Wasserfläche verlockend zu ihren Füßen. Sie schritten gemächlich Seite an Seite die steinerne Treppe hinab zum kreisrunden Aussichtspunkt, und Liliann fühlte sich, als würde sie, in eine edle Robe gekleidet und mit exquisitem Preziosen geschmückt, in einen von Kerzen beleuchteten Ballsaal geleitet. La Raixa hatte trotz des offensichtlichen Verfalls auch heute noch etwas Erhabenes, das jeden Besucher gefangen nahm.

«Etwas zu schaffen wie La Raixa, das die Menschen noch zweihundert Jahre nach meinem Tod erfreut …» Alejandro runzelte nachdenklich die Stirn.

«Spuren zu hinterlassen?» Liliann zog ihre Leinenschuhe aus und suchte sich einen Fels, der zwar im Wasser, jedoch nahe genug am Beckenrand lag, um ihn zu erreichen. Sie kletterte auf einen hinüber, um sich dort hinzusetzen und die nackten Beine ins Wasser zu halten. Alejandro folgte ihr. So saßen sie beide schweigend nebeneinander, badeten die Füße im kühlen Wasser und lauschten andächtig den Geräuschen des Parks.

«Jetzt sind wir beide ziemlich melancholisch geworden.» Liliann strich betont kumpelhaft über Alejandros nacktes Schienbein. Seine dunkel behaarten Beine, die aus der weit nach oben gekrempelten Leinenhose hervorlugten, gefielen ihr wesentlich besser als die Wolfes. «Welchen Traum hast du in deinem Leben?» Sie sah ihn nicht an, sondern blickte wie gebannt auf die unbewegliche Wasseroberfläche. Flüchtig meinte sie, den Kardinal mit seinem Gefolge in der Nähe des Wasserspeiers flanieren zu sehen. Doch dann riss Alejandros Stimme sie in die Gegenwart zurück.

«Ich hatte den ganz simplen Traum von einer erfolgreichen Anwaltskanzlei und einem harmonischen Familienleben. Ein paar Jahre war ich in der Verwirklichung meines Traumes auch überaus erfolgreich. Noras Mann war einer meiner Mandanten.»

«Daher kennt ihr euch also», sie plätscherte mit den Füßen im Wasser. «Und was ist geschehen?»

«Das ist eine lange und komplizierte Geschichte, die letztlich auf das allseits bekannte simple Ende hinauslief.»

«Etwas konkreter, bitte.»

«Ich habe den falschen Mandanten vertreten. Es gab politische und wirtschaftliche Verquickungen, in die ich mit hineingezogen wurde. Ehe ich mich versah, war mein Ruf ruiniert und …»

«… deine Frau verließ dich und nahm die Kinder mit», spöttelte Liliann, doch als sie in Alejandros Gesicht sah, erkannte sie schlagartig, dass sie genau ins Schwarze getroffen hatte. «Du warst verheiratet?»

«Zehn Jahre lang. Wir haben einen gemeinsamen Sohn und eine Tochter. Sie leben bei meiner Frau in Barcelona.» Seine Stimme wurde leiser. «Wir sehen uns ab und zu, telefonieren und schicken uns

E-Mails. Ich bin auf dem besten Wege, ein virtueller Vater zu werden.» Normalerweise fiel es ihm schwer, darüber zu sprechen. Und doch war es jetzt erstaunlich leicht, Liliann davon zu erzählen.

«Ihr seid geschieden?»

«Getrennt. Unwiderruflich.»

Liliann erkannte, wie wenig sie über Alejandro wirklich gewusst hatte. Ihre Freundinnen und auch sie selbst fanden Alejandro mit seiner manchmal leicht arrogant wirkenden Art anziehend. Sie vermuteten, dass er tatsächlich Alejandro hieß, weil sie nie einen anderen Namen gehört hatten. Er schien zu Noras Freunden, quasi zu ihren engsten Vertrauten zu gehören. Er kümmerte sich um ihre Finanzen, er verhandelte die Verträge mit den Galerien, er schlichtete den Zwist mit den Verwandten und war auch Noras «Mann für besonders heikle Angelegenheiten», was die Freundinnen nur zu gut zu schätzen wussten. Und – wie Patricia immer wieder betonte – er war ein sagenhafter Liebhaber.

Was also musste wirklich geschehen, dass eine Frau sich von diesem Prachtexemplar trennte?

Liliann merkte, dass er ihr nicht mehr aus seiner Vergangenheit verraten würde.

«Hast du jetzt keinen Traum mehr, den du leben möchtest?»

«Und du?»

«Ich habe zuerst gefragt. Und es ist unhöflich, eine Frage mit einer Gegenfrage zu beantworten.»

Er blickte ihr erneut tief in die Augen. Um seine Mundwinkel zuckte es verräterisch. «Wir kennen so viele intime Geheimnisse voneinander, dass wir uns Höflichkeiten dieser Art sparen können. Findest du nicht?»

«Okay. Aber damit ist meine Frage nicht beantwortet.»

«Wie du bemerkt haben wirst, koche ich sehr gern und, man kann sagen, sogar ausgezeichnet.»

«Für einen Hobbykoch. Du weißt ja, ich kenne Profis vom Fach.» Sie zwinkerte ihm zu.

«Die unsägliche Carla. Ich weiß.»

«Was hat Kochen mit deinem Traum zu tun?»

«Ich plane ein Landhotel im Innern der Insel zu eröffnen. Genau genommen ist es über die Planung bereits weit hinaus. Das Gut ist fertig renoviert und umgebaut. Die Küche steht bereit. Wir können im Herbst an den Markt gehen.»

«Du wirst also Koch im eigenen Hotel? Glaubst du nicht, es gibt genug Hotels, Restaurants, Bars, Fincas auf dieser Insel? Mallorca ist eine Fress- und Hotelmeile geworden, und zwar auf den verschiedensten Niveaus.»

«Es gibt immer eine Marktlücke. Selbst dort, wo der Markt voll gestopft erscheint. Das weißt du genauso gut wie ich. Ich erinnere dich nur an deine exklusive Spielzeugkollektion. Erotisches Spielzeug scheint es doch wirklich genug zu geben. Aber du hast die Nische gefunden und wirst mit den nerzbesetzten Handschellen und rubinverzierten Dildos den Markt im Sturm erobern.»

«Wirst du die Menüs in deinem Hotel auf rubinbesetzten Tellern servieren?»

«Wohl kaum. Ich werde jeden Monat unter einem anderen Motto laufen lassen und dafür jeweils renommierte Sterneköche und Künstler gewinnen.»

«Hast du Patricia davon erzählt?»

«Warum sollte ich?»

«Ich dachte, ihr hättet ein besonderes Verhältnis zueinander.»

«Wir haben guten Sex miteinander. Ich bin nicht auf finanzielle Unterstützung angewiesen, falls du darauf anspielst. Nur Nora kennt meine Pläne. Sie hat mir auch bei der Einrichtung geholfen. Selbstverständlich wird sie auch eine der Künstlerinnen sein, die wir präsentieren werden.»

«Wir?»

«Ich habe zwei Geschäftspartner. Freunde von früher.»

«Es sind dir also doch Freunde geblieben. Vorhin hörte es sich für mich so an, als seist du ganz allein auf der Welt und hadertest mit deinem Schicksal.»

Er schmunzelte. «Jetzt wissen Nora und du, was ich in Zukunft tun werde. Für eure ganz speziellen Wochenarrangements werde ich dann nicht mehr zur Verfügung stehen, was ich ein wenig bedaure. Andererseits glaube ich, dass dies ohnehin das letzte Treffen dieser Art ist.»

Liliann nickte. «Es läuft alles ein bisschen aus dem Ruder.» Sie beobachtete am anderen Ufer der Zisterne eine Großfamilie mit Kindern aller Altersstufen, die sich dort mit Radio, Picknickdecke und Grill auszubreiten begann.

«Der Frieden scheint vorbei.» Alejandro erhob sich und machte einen großen Schritt vom Felsen zurück auf den Zisternenrand. Dann war er Liliann dabei behilflich, aufs Trockene zu gelangen. «Wir können noch ein wenig weiter ins Dickicht vordringen. Ich kenne einen geheimen Platz auf La Raixa, wo uns niemand findet. Hast du Lust?»

Sie antwortete mit einem zweideutigen Grinsen: «Immer», lachte dann plötzlich fröhlich und stapfte munter hinter ihm her, die breite Treppe hinauf und dann jenseits der Wege und Pfade querfeldein, bis sie auf dem großen Gelände völlig die Orientierung verlor. «Verlier mich bloß nicht. Ich finde von hier nie wieder zurück», pustete sie außer Atem. Dann entfuhr ihr ein jubelnder Schrei. Vor ihnen lag ein kleiner Teich, dessen Ufer dicht bewachsen waren. Auf der anderen Seite des Teiches stand ein verwittertes Gartenhaus, das ganz offensichtlich nicht aus der Zeit des Kardinals stammte, aber auch schon seine Jährchen auf dem Buckel hatte. Das Holz war verwittert, die Farbe abgeblättert. Doch gerade das machte den Zauber aus. Das Sonnenlicht blitzte in den Scheiben, die einen sauberen Eindruck machten.

«Es sieht verwunschen aus.»

«Ein stilles Plätzchen für Verliebte und Romantiker.» Als sie das Häuschen erreichten, griff Alejandro in eine kleine Nische neben der Tür und zog den großen Schlüssel hervor, der dort bereitlag. Als er ihren fragenden Blick sah, sagte er: «Keine Bange. Ich darf hier sein, wann immer ich will.»

Als sie eingetreten waren, zog er zu ihrer Überraschung aus seinem Rucksack eine in Kühlakkus verpackte Flasche Weißwein.

«Mir scheint, du bist wirklich auf alles vorbereitet.»

«Man tut, was man kann», schmunzelte er. «Schau mal in den kleinen Schrank. Da findest du Gläser.»

«Wenn ich deine Geliebte wäre, würde ich dich jetzt fragen, mit wie vielen Frauen du schon hier warst.»

«Wenn du meine Geliebte wärst, würde ich lügen. Drei.»

«Mit drei Frauen.»

«Genau.» Er zog einen Schemel und einen weißen Schaukelstuhl, der besser auf die Holzveranda eines Farmhauses in New England gepasst hätte, auf die Veranda hinaus. So setzten sie sich mit Blick auf den Teich und schwiegen erneut, bis Alejandro die ausgeglichene Ruhe zwischen ihnen unterbrach.

«Liebst du Carla? Was frage ich, du liebst sie und trauerst sehr, oder?»

«Wie sich Liebeskummer anfühlt, wie sehr er schmerzt, das haben wir in unserem Alter doch alle schon erfahren. Genauso die Gewissheit, dass wir nicht daran sterben. Das absolut Blödsinnige ist nur, dass wir nicht schlauer werden, dass wir nicht weniger leiden, nur weil es uns zum zigsten Mal passiert und wir den Schmerz kennen.» Liliann schüttelte traurig den Kopf.

«Es tut jedes Mal wieder höllisch weh. Ich weiß.» Er strich sanft über ihre Wange. «Bist du sicher, dass es wirklich zwischen euch aus ist?»

«Nein.» Wütend wischte sie sich die Tränen von den Wangen. «Ja. Es ist aus. Ach, ich weiß es einfach nicht», seufzte sie.

«Ruf sie an. Lad sie ein, nach Mallorca zu kommen, und sprich dich aus. Oder flieg nach Florenz.»

«Ich bekomme sie ja nie ans Telefon, sooft ich es auch versuche.» Liliann schlug sich energisch mit der flachen Hand aufs Knie. «Ich will nicht länger vor ihr zu Kreuze kriechen.»

«Nein. Lieber stirbst du vor Kummer. Und nervst so lange deine Freunde mit deinen Launen, bis sich alle von dir abkehren. Wie kannst du so einen Zustand aushalten, geschweige denn auch noch kreativ arbeiten?»

«Kann ich nicht. Ich bin doch kein Roboter.»

«Ein Grund mehr, mit Carla zu sprechen. Was hast du schon zu verlieren? Schlimmer kann es nicht mehr werden. Hab ich Recht?»

Liliann nahm das beschlagene Weinglas und drehte es versonnen zwischen den Fingern hin und her.

Er hatte wirklich Recht. Es konnte nicht noch schlimmer werden. Aus war es zwischen Carla und ihr schon.

Die Aussicht, nach Florenz zu fliegen und sich mit Carla zu versöhnen, sodass wenigstens eine Freundschaft weiterbestünde, war verlockend. Endlich ein Lichtstreif am Horizont. Eine Perspektive. War Alejandros Einfluss auf sie tatsächlich so stark, dass sie ihren dummen Stolz vergessen konnte? «Wenn du Carla wärst – was würdest du tun?»

«Dich umarmen, küssen, dich lieben. In dieser Reihenfolge.» Er kniete vor ihr nieder und zog sanft ihr Gesicht zu sich heran, um zarte Küsse auf ihre Stirn, auf Augenbrauen und Schläfen zu hauchen. Dann schlossen sich seine warmen Lippen um ihren Mund. Seine Zungenspitze leckte an ihrer Oberlippe, bis Liliann seine Zärtlichkeiten erwiderte. Er strich mit den Kuppen von Zeige- und Mittelfinger kaum merklich über die schmalen, verzagten Falten auf ihrer Stirn, die sich in den letzten Wochen immer tiefer eingegraben hatten. Liliann schloss die Augen und gab sich ganz ihren Empfindungen hin. Alejandros Berührungen waren so sanft und liebevoll, beinahe so unschuldig, als wollte er ein Kind trösten. Die Nähe, die sich im Laufe des Tages zwischen ihnen entwickelt hatte, erweckte diese warme Vertrautheit, die sich nun in tiefer Zärtlichkeit zeigte. Der Spanier hatte in der Tat zwei Gesichter. Liliann glaubte, dass Patricia nie sein sanftes Gesicht gesehen hatte, sondern nur den Hengst im Bett kannte, der sich und andere zu Höchstleistungen brachte. Liliann bekam jetzt seine feminine Seite zu sehen und empfand dies als Privileg.

Während seine Finger weiter ihr Gesicht erforschten, die Ohrmuscheln umfuhren, den Hals hinabstrichen, um dann über die zarte nackte Haut über ihrem Schlüsselbein zu fahren, spürte sie, wie alle Anspannung aus ihr wich und sie sich für diesen Moment nichts sehnlicher wünschte, als von Alejandro in den Armen gehalten und geliebt zu werden. Er war die schützende Muschelschale, die sich um sie legte, der Kokon, der sie gleichzeitig warm und schützend wie auch voller Stärke umschloss. Ihre Brustwarzen wurden hart und streckten sich ihm unter dem dünnen Top entgegen, was er sogleich bemerkte und mit verhaltenem Druck beider Hände auf ihren Brüsten beantwortete.

«Hör jetzt nicht auf. Auch wenn ich eben noch von Carla gesprochen habe. Ich will dich», stöhnte sie heiser. War sie durch Raul etwa wieder auf den Geschmack gekommen? Reizte sie Sex mit einem Mann wieder mehr?

Er antwortete, indem er den Reißverschluss ihrer Hose öffnete, ihren Po vom Schaukelstuhl anhob und ihr dabei half, sich des Kleidungsstückes zu entledigen, das ihm den Weg zu ihrer nassen Muschel versperrte. Ihr Körper reagierte so eindeutig, dass keine Zweifel daran bestanden, wie geil sie auf ihn war. Er setzte sich in den Schaukelstuhl und nahm Liliann dabei rittlings mit gespreizten Beinen auf seinen Schoß. Nun trennte sie beide noch der schmale Steg ihres String und seine Leinenhose, unter der sich heftig die Erektion aufbäumte.

Durch das Zuschauen bei vergangenen Liebesspielen und von ihren Freundinnen wusste Liliann ganz genau, wie Alejandro ausgestattet war, auch wenn sie selbst noch nie in den Genuss seines von Patricia so gepriesenen Schwanzes gekommen war. Voller Ungeduld machte sie sich an seiner Hose zu schaffen, um endlich aus dem Kerker zu befreien, was ohnehin hervordrängte. Zu ihrer Verblüffung trug er keinen Slip. Der breite rote Kopf sprang ihr lüstern entgegen. Mit zwei Fingern schob sie ihren String beiseite und ließ sich wieder langsam auf ihm nieder.

Er beobachtete dabei jede Regung in ihrem Gesicht und drückte sie mit beiden Händen auf ihren Hüften noch fester und tiefer auf seinen Schwanz, bis ein feiner Schmerz sie durchfuhr.

«Nicht bewegen. Bleib ganz still.» Er schob ihr Top hoch und den durchsichtigen BH, den sie ohnehin nur zur Zierde trug. Er umzüngelte ihre harten Brustwarzen, bis sie wieder laut aufstöhnte.

«Flehst du um Gnade oder um mehr?»

«Nicht aufhören» war alles, was sie hervorbrachte. Sie bewunderte ihn dafür, dass er noch immer den Drang unterdrückte, in sie hineinzustoßen. Einem tiefen, unbekannten Rhythmus folgend zuckte der dicke harte Stab, der sie bis in den letzten Winkel erfüllte, in ihrem nassen Fleisch und brachte sie damit jedes Mal kurz vor den Orgasmus. Er schien genau zu wissen, wann er aufhören musste, um sie nicht so schnell kommen zu lassen. Eine süße Qual, die ihr schier endlos vorkam. Voller Hingabe widmete er sich ihren Brüsten, küsste, sog, zwickte und biss sie. Dann bat er sie, sich weiter nach hinten zu lehnen und stützte sie dabei mit den Händen am Rücken. In dieser Haltung begann er mit dem Stuhl sanft hin und her zu schaukeln und wieder in ihr zu zucken, ohne zu stoßen.

Als hätte Alejandro eine Quelle angezapft, so sprudelte es im gleichen Augenblick aus Liliann heraus. Sein Schwanz wurde regelrecht von ihren quellenden Säften umspült. Liliann wimmerte und zuckte auf seinem Schoß und kam ein zweites und gleich darauf ein drittes Mal, bis Alejandro sich nicht länger beherrschte und mit wenigen tiefen Stößen selbst zum Höhepunkt kam und tief in sie hineinspritzte.

Wie ein Säugling rollte sie sich danach, auf seinem Bauch und seiner Brust liegend, zusammen. «Das war das Beste seit langem.»

«Unser Geheimnis.» Seine geflüsterten Worte waren Frage und Feststellung in einem.

«Ja ich habe auch kein Interesse daran, es an die große Glocke zu hängen. Es gibt schon genug Probleme – und irgendetwas sagt mir, dass Patricia uns eine höllische Szene macht, wenn sie es erfährt.»

«Wahrscheinlich. Obwohl niemand ein Exklusivrecht an mir hat.»

«Ich weiß.»

Als sie die Flasche Wein geleert hatten, war es bereits später Nachmittag. Friedlich hatten sie nebeneinander gesessen, den Naturgeräuschen gelauscht und den eigenen Gedanken nachgehangen, ohne viel miteinander zu sprechen.

«Wir sitzen hier friedlich nebeneinander wie ein altes Ehepaar, das den Feierabend auf der Bank im Garten genießt.»

Alejandro lachte. «Mir fällt kein altes Ehepaar ein, das friedlich miteinander umgeht.»

«Aber mir. Philemon und Baucis.»

«Antike Sagengestalten. Mehr nicht.» Er stand auf und begann, die Stühle und Gläser zurück in das Gartenhaus zu tragen. «Wir sollten langsam aufbrechen.» Seine Miene war verschlossen. Der arrogante Zug, der meist um seinen Mund lag, war zurückgekehrt und hielt Liliann davon ab, ihn zu fragen, was den abrupten Stimmungsumschwung hervorgerufen hatte.

Als sie den romantischen Platz verließen, drehte sie sich wehmütig noch ein paar Mal um, bis der Teich hinter dem geschwungenen Pfad verschwand, als gäbe es ihn nicht. Als sei alles nur ein Traum gewesen.

Neun

Naomi blickte schmollend zum Fenster hinaus und trommelte nervös mit ihren dunkelrot gelackten Fingernägeln gegen die Scheibe. Luis trat von hinten leise an sie heran und drückte das kühle Cocktailglas zwischen ihre nackten Schulterblätter. Unwillig schüttelte Naomi sich.

«Es regnet in Strömen.»

«Das sehe ich auch. Aber ist das wirklich Grund genug, sich dermaßen die Laune verderben zu lassen?» Luis versuchte nun mit zarten Küssen auf Hals und Schultern, Naomis Stimmung zu heben.

«Ich habe ewig lange keinen Urlaub gehabt. Warum muss es dann am vorletzten Tag regnen? Habe ich etwa keinen Sonnenschein verdient?»

«Du tust ja gerade so, als würde es nur regnen, damit du dich darüber ärgerst.» Luis schüttelte lächelnd den Kopf. Wenn er sich auch in Naomi verliebt hatte, so war er doch nicht blind für ihren schwierigen und launischen Charakter.

«So ist es doch. Es regnet nur, damit ich mich ärgere.» Sie ließ sich rücklings aufs Bett fallen und strampelte wie ein wütendes Kind mit den Beinen in der Luft. Dabei musste sie allerdings selbst lachen. «Im Ernst: Ich habe heute Geburtstag und dann das. Ich dachte an eine Beachparty oder so was in der Art. Ein Picknick vielleicht. Etwas wie der Bacardi-Werbespot. Schöne Menschen, Sonne, Drinks. Alles eben.»

«Wissen die anderen, dass du Geburtstag hast?» Luis konnte seine Überraschung nicht verbergen.

«Nein. Ich hab nichts gesagt. Und jetzt habe ich auch gar keine Lust mehr zum Feiern. Bei dem Wetter. Am liebsten würde ich auf der Stelle nach Deutschland fliegen.» Sie zog sich demonstrativ die Decke über den Kopf.

«Während du weiterschmollst, lass ich mir etwas einfallen, wie wir dir auch bei Regen eine schöne Party geben können.» Luis zog die Decke fort, küsste sie zärtlich und lange auf den Mund, bevor er leise aus dem Zimmer ging.

Wie die Katze, die den Sahnetopf ausgeschleckt hat, schnurrte Naomi zufrieden im Bett vor sich hin. Sie hatte erreicht, was sie wollte. Was machte es schon, dass ihr Geburtstag erst in vier Monaten war. Der Zweck heiligte die Mittel.

Es hatte sich in den ersten Tagen alles so gut angelassen. Die Nacht mit Raul und Enrique, dann Alejandro und Diego in der Küche, so demütigend es auch gewesen war, zwischendurch ein bisschen Vögelei mit Luis … doch jetzt wurde ihr das alles zu fad. Es geschah nichts mehr. So eine kleine gepflegte Orgie wäre doch ein hübsches Geburtstagsgeschenk. Auch wenn Luis sie am liebsten mit Beschlag belegen wollte, sie würde schon dafür sorgen, dass auch noch andere Männer, vielleicht auch Frauen, zum Zuge kamen. Man war nur einmal jung. Wie schnell die Jugend vorbei war, sah sie täglich bei ihren Kundinnen. Mit fünfzig wollte sie wenigstens Erinnerungen haben, an die sie zurückdenken konnte. Das hatte sie sich auf Mallorca geschworen. Zumindest hierin waren Patricia und ihre Freundinnen ihr ein gutes Vorbild. Die nahmen sich einfach, was sie wollten, ohne lange zu fragen, ob es erlaubt war oder möglicherweise jemandes Moralvorstellung beleidigte. Sie waren erfolgreiche Karrierefrauen und hatten offenbar über all der Arbeit nicht vergessen, was es hieß, Spaß am Leben zu haben.

«Sie hat in den letzten Monaten mit ihrem Lover wenig Sex gehabt und sich auf unsere Kosten reichlich durchvögeln lassen. Ist das noch nicht genug?» Patricia tigerte durch Noras Zimmer, als würde sie die Gitterstäbe eines Raubtierkäfigs ausmessen.

«Es war deine Idee, sie mitzubringen.» Nora wischte an einem verschmierten Lappen ihre Pinsel ab und stellte sie dann in das Glas zu den anderen. «Warum sollen wir ihr nicht eine kleine Feier ausrichten. Wir könnten doch auch unseren Spaß daran haben. Oder?»

«Schwebt dir da etwas Bestimmtes vor?» Kathrin

betrat mit Diego im Schlepp das Zimmer und steuerte schnurstracks den kleinen Barschrank an. «Möchte jemand einen Drink?»

Lilianns Augenbrauen fuhren in die Höhe. «Ich dachte, du wolltest tagsüber nicht mehr trinken?»

«Herrje, stell dich nicht so an. Ein Sherry wird doch wohl noch erlaubt sein.» Kathrin schenkte sich großzügig aus der Sherrykaraffe ein und ließ sich dann neben Diego auf dem Sofa nieder.

«Ich frage mich, was die kleine Raubkatze wirklich will, eine Party oder vielmehr eine kleine Orgie?» Liliann blickte langsam in die Runde. Außer Jaime, der eins von Noras Gemälden an einen Kunden nach Palma lieferte, waren alle im Raum versammelt.

«Sie meinte, so eine Art Bacardi-Party fände sie toll», erklärte Luis und begann die Melodie zu summen.

«Selbstredend. Was sonst?», spottete Patricia.

«Dann wird unsere diesjährige Abschiedsparty eben eine Geburtstags-Bacardi-Sex-Orgie für unsere allseits so beliebte Naomi.» Nora wandte sich an Alejandro. «Kümmerst du dich darum?»

«Natürlich. Ich bin aber für Anregungen und Tipps aufgeschlossen. Wir müssen improvisieren.»

«Das schaffen wir schon.» Paco nickte abwesend, weil er sich bereits wieder ausmalte, wie Patricias Brüste sich in seinen Händen anfühlten, während er von hinten in sie hineinstieß und ihr lustvolles Stöhnen und orgiastisches Röcheln ihn immer weiter anstachelte. Wenn er am Abend mal zur Abwechslung mit Naomi ficken sollte, quasi als kleines Geburtstagspräsent, würde er trotzdem nicht nein sagen. Ihm war klar, dass so etwas wie dieser Trip nach Mallorca für ihn nie wieder stattfinden würde. Daher wollte er alles bis zum letzten Tropfen genießen und mitnehmen. In ein paar Tagen, wenn er zurück in Deutschland war und sich wieder um seine marode Gärtnerei kümmerte, würde ihm ohnehin alles wie ein Märchen aus Tausendundeiner Nacht vorkommen, ein Traum, der mit der Zeit immer mehr verblassen würde. Er fragte sich, ob Luis, Jaime und Diego ähnliche Gedanken hatten, fand aber nicht den Mut, sie direkt darauf anzusprechen. Er würde die Männer nie wieder sehen. Da war es eigentlich auch egal, was die dachten und empfanden.

Naomi schreckte aus dem Schlaf, als das dünne Laken von ihr fortgezogen wurde. Gleichzeitig wurden ihre Arme und Beine festgehalten und ihre Augen mit einem dunklen Tuch verbunden.

«Überraschung», hörte sie Luis rufen, und Noras Stimme flüsterte ihr beruhigend ins Ohr: «Du brauchst keine Angst zu haben. Dies wird eine unvergessliche Geburtstagsparty. Das verspreche ich dir.»

Das dünne Seidenhemdchen und der String wurden ihr vom Leib gerissen. Nackt und preisgegeben lag sie auf dem Bett. Ihre Beine wurden grob gespreizt. Sie spürte, wie sich etwas Weiches um ihre Fesseln legte und mit einem Klicken einrastete. Lilianns fellbesetzte Handschellen und Fesseln. Schon machte sich eine flinke Zunge an ihrer Klit zu schaffen, die sich sofort aus ihrem dunklen Schamhaar hervorhob. Naomi stöhnte vor Lust. Sie spürte, wie sie bereits nass und bereit war und dem, was die Clique mit ihr plante, entgegenfieberte.

«Schämst du dich nicht? Hast du noch nicht genug herumgevögelt, dass du sofort glitschig bist wie eine glibberige Qualle?» Patricia spreizte Naomis Labien und schob dann zwei Finger tief in ihre nasse Möse, sodass die Kosmetikerin sich aufbäumte und erneut stöhnte.

Für einen kurzen Moment keimte etwas wie Scham in ihr auf, doch ihre Geilheit siegte. Hier musste sich niemand verstecken. Sie alle hatten ihre lüsternen Geheimnisse, die sie untereinander teilten. Alle verließen sich auf die Diskretion der Übrigen, und das wollte auch sie selbst tun. Von allen riskierte sie wohl am wenigsten, wenn sie sich einmal schamlos in ihre wildesten Vorstellungen und Träume fallen ließ.

Zu den zwei Fingern in ihrer Möse gesellten sich zwei weitere, die an ihrer Rosette anklopften und dort ein Gleitmittel verrieben, wobei sie mehrfach kurz in die dunkle Höhle eintauchten, sich drehten, Naomi dort dehnten und sich dann wieder aus ihr herauswanden. Dann meinte sie, vier Finger in ihrem

Anus zu spüren. War es Patricia, die mit einer Hand ihre Möse und mit der anderen ihren Anus beglückte? Und wer half ihr dabei?

«Was tut ihr?»

«Wer hat dir erlaubt zu reden?», fauchte Lilianns Stimme so böse, dass Naomi zusammenzuckte. Vielleicht war das alles doch nicht so harmlos? Wollten die Frauen sich an ihr rächen? Dafür, dass sie mit Raul und Enrique gevögelt hatte? Ihr fiel ein, dass die anderen ja nichts von dem Chauffeur wussten. Aber sie wussten von Diego und Alejandro. Und die Nummer in der Küche hatte ihnen definitiv nicht gefallen. Am wenigstens Patricia. Wäre es daher möglich, dass Patricia sich an ihr rächen wollte?

Und wo waren die Männer? Bisher hatte sie nur Luis gehört. Sie spürte nicht, dass weitere Männer anwesend waren.

Doch das sollte sich rasch ändern.

Ein fetter Kolben bahnte sich den Weg in ihre Möse und schob sich tiefer und tiefer. Ihre Brüste wurden von festen, ein wenig rauen Händen gedrückt und massiert. Dies war nie und nimmer der Griff einer Frau. Naomi vermutete, dass es Paco war, der sich so intensiv ihrer Brüste annahm. Doch wer war es, der in sie hineinrammte und dabei mehr und mehr die Kontrolle über sich verlor? Sie spürte den Riesenschwanz in sich weiter anschwellen und stellte sich vor, wie er rot pulsierend ihre inneren Falten dehnte und rieb und dabei immer wollüstiger wurde.

«Stoß tiefer! Fester!», stöhnte sie auf. Da traf eine harte Ohrfeige ihre rechte Wange.

«Still!»

Da der Schlag sie so unverhofft traf, gelang es ihr nicht, die Tränen zu unterdrücken. Sie hoffte jedoch, dass niemand sie unter dem dunklen Tuch, das ihre Augen verdeckte, sah und schwor sich, ab sofort keinen Ton mehr von sich zu geben. Sie würden schon merken, wie wenig Spaß es machte, einen schweigsamen, leblosen Körper zu vögeln.

Doch eben ihr Körper war es, der sie verriet, weil er sich lüstern den Händen und Schwänzen entgegenbäumte, die sich an ihr und in ihr zu schaffen machten.

Nachdem der Riesenkolben seinen Saft in Naomi vergossen hatte, legte man ihr ein ledernes Geschirr an, das aus schmalen Riemen bestand und ihre Brüste und Pobacken fest umschloss. Ein Halsband aus Leder und lederne Handschellen kamen hinzu und eine Leine, die in das Halsband gehakt wurde.

So, die Augen noch immer verbunden, führte man sie an der Leine aus dem Zimmer, über Flure und Treppen, bis sie in einen Raum kamen, wo ihre gefesselten Hände hinter ihrem Rücken an eine Kette gehängt wurden, die ihre Arme zur Zimmerdecke emporstreckte.

«Bück dich», kommandierte Liliann und lockerte die Kette etwas.

«Tiefer. Stell dich nicht so an.» Patricia war unnachgiebiger als ihre Freundinnen und drückte Naomis Rücken in Richtung Fußboden.

Wieder fuhren die rauen Hände über Naomis Brüste, die jetzt der Schwerkraft gehorchten und wie reife Früchte in den Händen des Mannes gewogen wurden. Er hob die Brüste an und schaukelte sie wie kleine Tiere hin und her, wog sie in Sicherheit, bis ein scharfer Schmerz sie durchfuhr, als zwei Klammern auf die harten Brustwarzen gesetzt wurden und sie derb zusammenpressten.

«Wer will als Nächster?»

Naomi erkannte Alejandros Stimme und vermutete, dass es Diego war, der sich gleich darauf in ihren hinteren Ausgang schob. Irgendetwas sagte ihr, dass Alejandro sie bedauerlicherweise nicht besteigen würde. Die Foliennummer in der Küche würde der einzige Akt zwischen ihnen bleiben.

Diego stöhnte laut und schob sich unermüdlich vor und zurück, bis Naomi am liebsten um Gnade gefleht hätte, doch sie hatte sich ja geschworen, keinen Ton von sich zu geben.

Dann geschah alles gleichzeitig. Die Klammern wurden roh von ihren empfindlichen Brustwarzen gezogen, sodass sie vor Schmerz den Mund aufriss und scharf einatmete. In diesem Moment schob sich ein erigierter Penis zwischen ihre Lippen, stieß ein paar Mal tief in ihren Rachen, sodass sie mit Mühe ein Würgen unterdrückte. Doch schon ergoss sich bereits der Mann in ihren Schlund. Fast gleichzeitig kam ihr hinterer Peiniger zum Höhepunkt, glitt aus ihr heraus und machte dem nächsten Platz, der sich nun ihrer Möse widmete.

Endlich bekam Naomi die Chance, selbst zum Orgasmus zu kommen. Diesmal bedurfte es keiner ihrer speziellen Phantasien, um sie kommen zu lassen. Das was die Clique mit ihr machte, war mehr und lustvoller als jede Sexphantasie, die sie sich jemals ausgemalt hatte.

Nachdem auch der letzte der Männer seine Lust an ihr gestillt hatte, wurde sie von ihren Fesseln befreit und in ihr Zimmer zurückgeführt. Dort legte man sie auf ihr Bett und löste die Augenbinde.

Als Naomi die Augen öffnete, sah sie die Frauen und Männer im Kreis um sie herumstehen. Sie hielten gefüllte Champagnergläser in den Händen und tranken auf ihr Wohl, als wäre nichts Außergewöhnliches zwischen ihnen geschehen. Naomi lachte sie erschöpft an.

«Happy birthday, du Schlafmütze.» Luis küsste Naomi auf die Stirn. «Zieh dich rasch an. Wir fahren in einer halben Stunde los. Also beeil dich.»

Benommen öffnete Naomi die Augen und brauchte einen Augenblick, um sich zu sammeln. «Wohin fahren wir?»

Luis schüttelte den Kopf. «Zum Strand. Glaube ich. Du hast dir doch eine Beachparty gewünscht. Ach ja», er warf einen Kleidersack auf ihr Bett, «Liliann sagt, du sollst das hier anziehen. Es ist eine ihrer Kreationen.» Er warf ihr eine Kusshand zu und verließ das Zimmer, ehe sie ihm weitere Fragen stellen konnte.

«Zum Strand», wiederholte sie langsam. Also hatte die Orgie nur in ihrem Traum stattgefunden? Hatte sie alles bis ins letzte Detail tatsächlich bloß geträumt? Sie konnte es kaum fassen und fuhr sich mit der Hand verstohlen zwischen die Beine. Nass. Ihre Möse war klitschnass, die Klitoris hoch empfindlich und gereizt, und ihre Brüste schmerzten. War alles wirklich nur im Traum geschehen?

Langsam stöhnte sie sich aus dem Bett und zog den Reißverschluss des Kleidersacks auf. Sie konnte kaum glauben, was daraus zum Vorschein kam. Sollte sie lachen, Angst haben oder vielmehr ganz zappelig werden vor lauter Vorfreude?

«In dem Outfit werde ich der Star der Party. Ob ich nun Geburtstag habe oder nicht.» Summend ging sie unter die Dusche und schlüpfte anschließend in Lilianns rotes ledernes Nichts. Das kurze Kleid, das im Grunde aus einem tiefen Ausschnitt vorn und einem schmalen Schlitz am Rücken bestand, umschloss ihren Körper wie eine zweite Haut und brachte jeden Zentimeter zur Geltung.

Sie parkten die Wagen so dicht an der Klippe, dass Nora befürchtete, jeden Augenblick würden alle im tief unter ihnen tosenden Wasser zu Tode kommen.

«Das ist weit genug», zischte sie und zog die Handbremse an.

«Hast du Angst?» Alejandro lächelte Nora beruhigend zu. «Ich fahre uns schon nicht die Klippen hinunter.»

«Findet der Typ das etwa lustig?» Patricia riss die Wagentür auf und zog Nora vom Beifahrersitz. Jaime, Luis und Naomi kletterten ebenfalls schimpfend aus dem Fond.

Von dem Tumult ungerührt, wies der breitschultrige Parkwächter die nächsten Wagen ein, die nun dicht neben der Clique zum Stehen kamen. Lachend kletterten Kathrin und Liliann aus ihrem Jeep und wunderten sich über die Aufregung.

«Nora fürchtete, wir würden alle die Klippen hinunterstürzen», erklärte Alejandro schmunzelnd und forderte die Truppe auf, ihm in das hell erleuchtete Haus zu folgen.

«Wo sind wir überhaupt?» Naomi drehte sich langsam um sich selbst, als würde ihr die Landschaft rundherum Aufschluss über ihren Aufenthaltsort geben.

«Das hier ist der *Club*, denke ich. Ich war noch nie hier, aber in gewissen Kreisen spricht man seit Wochen von nichts anderem.» Nora hakte sich zwischen Alejandro und Jaime ein und schritt langsam auf den Eingang des modernen Hauses zu, das an die Architektur der sechziger Jahre erinnerte. Gerade, klare Linien und große Glasfronten, durch die man in diesem Fall allerdings nicht ins Innere des Hauses blicken konnte.

«Was ist der *Club*?»

Bevor Naomis Frage beantwortet wurde, öffnete sich die Tür wie von Geisterhand, und eine Stimme forderte sie auf einzutreten.

«Wie hast du das geschafft?», raunte Nora zu Alejandro. «Es heißt, dass keine neuen Mitglieder mehr aufgenommen werden.»

«Ich bin Mitglied. Gründungsmitglied. Und ich kann jederzeit Gäste mitbringen.»

«Was weiß ich eigentlich noch alles nicht? Was treibst du so in deiner Freizeit?»

«Das meiste weißt du.» Alejandro tätschelte Noras Hand, löste sich dann von ihr und sprang in großen Sätzen die breite Treppe hinauf, die von der großzügigen Eingangshalle über die Galerie in den ersten Stock führte. «Wartet einen Augenblick. Ich bin gleich zurück», rief er den Freunden zu und verschwand.

Wie bestellt und nicht abgeholt bevölkerten sie die Halle. Patricia und Kathrin begannen zu murren und drohten damit, sofort wieder zurückzufahren, wenn Alejandro nicht gleich erscheinen würde, um ihnen zu verraten, was das alles sollte. Da forderte eine atemberaubende Blondine, die in auberginefarbenes Leder gekleidet war, das lediglich ihre Brustwarzen, den Bauchnabel und einen schmalen Streifen im Schritt freigab, sie auf, ihr zu folgen.

«Wie ich sehe, sind noch nicht alle nach unserer Kleidervorschrift gekleidet.» Sie blinzelte aus schrägen grünen Augen und öffnete nacheinander zwei Türen. «Die Ladys bitte hier hinein. Die Herren folgen mir bitte.» Mit wiegendem Gang schritt sie vor Jaime, Diego, Paco und Luis einher, die sich allesamt nicht an ihrem Körper satt sehen konnten und sich bereits ausmalten, wie es wohl war, die Zonen zu lecken und zu küssen, die aus dem Outfit hervorlugten.

«Sie ist die süßeste Frucht, die man sich denken kann», stöhnte Diego.

»Pure Verführung», bestätigte Jaime und leckte sich die Lippen.

Luis und Paco brummten zustimmend.

Dann öffnete die Blondine eine weitere Tür, und die Männer trauten ihren Augen nicht, als sich drei Frauen auf sie zubewegten, die wie Zwillingsschwestern ihrer Führerin aussahen. Nur dass diese nicht blond, sondern brünett, schwarz und rothaarig waren. Ihre Körper wurden ebenfalls von auberginefarbenem Leder umhüllt. Die schweren, jedoch festen Brüste der Rothaarigen protzten aus dem Leder hervor und zogen Paco magnetisch an. Die zierlicheren Brüste der Brünetten trugen Ringe, die durch die Brustwarzen gesteckt waren, und als sie sich vor Diego neckisch vorbeugte, entdeckte er zwei kleine goldene Ringe, die in ihren Labien hingen.

Der lederne Anzug der Schwarzhaarigen war vorn geschlossen, doch als sie sich umdrehte, schwangen ihre nackten Pobacken provozierend vor Luis hin und her. Sie rieb sich damit an ihm und forderte ihn flüsternd auf, sie von hinten zu besteigen, drehte sich jedoch im selben Augenblick herum und begann, sein Hemd aufzuknöpfen und ihn aus seinen Kleidern zu schälen.

Die Blondine tat es ihr gleich und entkleidete Jaime, wobei sie sich sehr viel Zeit ließ und dabei jedes noch so kleine Detail seines Körpers genau in Augenschein nahm, bis sein Schwanz nicht mehr verheimlichen konnte, welche Wirkung sie auf ihn hatte.

Im Zimmer nebenan fand etwas Ähnliches statt. Hier gab es vier junge durchtrainierte Männer mit Augenmaske, die jeder darüber hinaus lediglich einen engen Latexslip trugen, der mehr enthüllte als verbarg. Sie zogen Liliann, Nora, Kathrin und Patricia schweigend und quälend langsam vor Naomis Augen aus.

Für Naomi, das Geburtstagskind, schien es keinen Sklaven zu geben. Obwohl sie sich sehr danach sehnte, von einem dieser rassigen Typen mit Knackarsch und breiten muskulösen Schultern ausgezogen und einfach genommen zu werden. Wollte Alejandro sie erneut bestrafen? War dies wieder eine Lektion wie die in der Küche, oder hatte man lediglich vergessen, dass es fünf Frauen waren, derer «Mann» sich annehmen musste?

Trotz der Sehnsucht nach eigener Befriedigung siegte ihre Erregung und Neugier.

Ihre voyeuristische Veranlagung war nicht zu leugnen. Konnten nicht überhaupt Frauen mehr genießen, was sie sahen? War es nicht eine dumme männliche Denkweise zu glauben, nur Männer würden beim Zuschauen Genuss erleben?

Naomi lehnte sich an die Wand, um mehr Halt zu haben, und verfolgte gespannt, was vor ihren Augen geschah. Wie von selbst fanden ihre Finger den Weg in ihre nasse Spalte und an die steifen Nippel, die sich unter dem engen roten Lederkleid, das sie trug, so weit aufrichteten, wie es nur möglich war. Wenn sich niemand um sie kümmerte, musste sie sich selbst Erleichterung verschaffen. Vielleicht ließ man sie danach ja wieder mitspielen? Ihr Traum vom Nachmittag hatte so viel Spannung aufgebaut, dass sie noch immer nach Erlösung lechzte.

Alle vier Frauen wurden von den Männern in die spärlichsten Dessous gekleidet, die man sich denken konnte. Kathrins üppige Brüste und Hüften wurden durch die Latexstreifen bestenfalls angehoben. Wirklich verdeckt wurde gar nichts. Aber das war offensichtlich auch überhaupt nicht beabsichtigt.

Die Männer ölten die seidige Haut der Frauen mit sanften Strichen ihrer Handflächen und Handrücken. Der Duft der Öle mischte sich schon bald mit dem Duft der Erregung, der von beiden Geschlechtern ausging und den Raum erfüllte.

Die Männer ließen sich nicht lumpen und erregten die Frauen, wo und wie sie nur konnten.

Naomi entdeckte eine kleine Kamera, die, winzig und halb hinter einer wuchernden Palme versteckt, aufzeichnete, was sich im Raum abspielte. Noch bevor sie Gelegenheit hatte, ihre Entdeckung preiszugeben, wurde eine verborgene Tür im Hintergrund geöffnet.

In Begleitung der Männer gingen Kathrin, Patricia, Nora und – allen voran – Liliann hindurch und gelangten in einen Raum, dessen Wände mit dunklem Stoff bespannt waren. Der Fußboden war mit dicken Teppichen belegt. Der Raum schluckt jedes Geräusch, bemerkte Naomi, die langsam folgte. Sie versuchte in den Mienen der anderen zu lesen, ob sich dort etwa Neugier oder sogar Furcht zeigte. Doch außer Liliann, die man zu der breiten Ottomane führte, die mitten im Raum stand, hielten sich die Frauen mit ihren Begleitern etwas abseits, sodass ihre Gesichter im Halbdunkel nicht zu erkennen waren.

Lilianns Begleiter hieß sie, sich breitbeinig auf das Möbel zu legen, was sie widerstandslos tat. Als sie sich so präsentierte, wurden ihre Arme von zwei Frauen festgehalten, die phantasievolle, farbige Masken trugen, sodass ihre Gesichter nicht zu erkennen waren. Naomi sah eine dritte Frau zu Liliann treten, um deren Beine noch weiter auseinander zu spreizen. Dann wurden ihr Fesseln um die Fußknöchel gelegt, die mit einer Stange verbunden wurden. Nun war es Liliann absolut unmöglich, die Beine zu schließen.

«Geh zu ihr. Sie erwartet dich.» Naomi wurde unnachgiebig in die Mitte des Raumes geschoben. «Leck sie. Saug sie aus. Wir wollen ihr Wimmern und Schreien hören, bevor wir uns um dich kümmern.»

Naomi wagte nicht, sich umzudrehen. Der Mann, der ihr mit verstellter Stimme den Befehl erteilte, machte ihr Angst. War das Alejandros Stimme, der sich wieder als Zeremonienmeister betätigte?

Zögernd trat sie zu Liliann und leckte sich schon beim Anblick der glitzernden Feuchtigkeit, die sich ihr zwischen Lilianns Schenkeln bot, lüstern die Lippen.

Dies war ein Spiel. Und irgendwo lief auch hier wieder eine Kamera. Sie würde mitspielen und den Leuten vom *Club* die beste Show bieten, die sie je gesehen hatten. Dies würde eine Abschiedsvorstellung werden. Wenn sie sich Mühe gab und sowohl die Zuschauer als auch die Beteiligten zufrieden stellte, käme wohl auch endlich sie selbst zu ihrem Recht.

Mit wohligem Schnurren kniete sie vor der Ottomane und versenkte ihre Lippen zwischen Lilianns feuchten Lippen. Mit der Spitze ihrer Zunge umrundete sie deren Klit, tupfte und klopfte gegen den lüsternen Knopf, der ihr immer weiter entgegenwuchs. Mit raschem Blick aufwärts sah Naomi, wie sich Lilianns Hände verkrampften und ihr Bauch leicht zu beben begann. Der erste Orgasmus schien nicht mehr fern. Noch bevor sie sich darüber klar geworden war, ob sie ihn gewähren lassen wollte, spritzten kleine Kaskaden auf ihre Zunge, die sie gierig aufnahm. Sie schleckte den Nektar mit lauten, schlürfenden Geräuschen auf.

Wie von weiter Ferne nahm sie das unterdrückte Stöhnen der Zuschauer wahr, doch nun war sie ganz auf ihr «Opfer» konzentriert. Sie wollte Liliann den nächsten Höhepunkt verschaffen. Ihre Zunge tauchte tief in die saftige Möse ein. Gleichzeitig rieb sie die Klitoris und herrschte die zwei Frauen, die Lilianns Arme wie Schraubstöcke festhielten, an, sie sollten an ihren Nippeln saugen. Ohne den Griff um die Handgelenke zu lockern, gehorchten beide und begannen, an den steifen Brustwarzen zu nuckeln. Dem folgten kleine Bisse, die Liliann leise Schreie der Lust entlockten.

Eine dritte Frau trat heran, legte die Maske ab und küsste Liliann auf den Mund, als wollte sie den letzten Atemzug aus ihr heraussaugen.

Naomi spürte, wie ihre Gespielin sich erneut anspannte, wie Lilianns Bauch wieder zu beben begann und sich dem nächsten Orgasmus ergab. Als die heftigen Schauer sie durchzuckten und sie zum zweiten Mal kam, machte Naomi wild entschlossen immer weiter. Sie wurde nicht müde zu lecken, zu saugen, ihre Finger in die angeschwollene, volle, rosige Möse zu tauchen, um Liliann zu einem dritten Orgasmus zu bringen. Sie stellte sich vor, wie sich die inneren Muskeln der Erregten so um ihre Finger schlossen, wie sie es sonst um einen starken Schwanz taten, der ihr Innerstes durchpflügte.

«Sieh an. Es macht dir also Spaß», sagte eine tiefe Männerstimme.

«Sehr.» Naomi schnappte nach Luft. Sie spürte, dass ihr eigener Höhepunkt nicht mehr weit war, und sehnte sich danach, von einem Mann gefickt zu werden. Sie wollte einen dicken Schwanz in sich spüren, kräftige Hände fühlen, die ihren Arsch kneteten wie schweren Teig. Sie wollte vom Gewicht eines dieser Männer niedergedrückt werden. Jetzt. Hier. Sofort.

Kaum dachte sie daran, spürte sie auch schon, wie ihr enges Kleid hochgeschoben wurde. Jemand griff unter sie und hob sie ein Stück an. Naomi stützte sich nun mit den Handflächen neben Lilianns Schenkeln auf und leckte wieder deren triefende Muschel, während sich ein kräftiger Schwanz mit einem einzigen zielgerichteten Stoß den Weg in ihre ebenfalls tropfende Möse erkämpfte und sie mit wenigen Stößen zum Kommen brachte.

Danach brach sie wie ein verwundetes Tier auf Liliann zusammen. Kurze Zeit später hoben zwei kräftige Arme sie hoch und trugen sie fort.

Die übrigen Zuschauer traten aus dem Halbdunkel des Raumes und gingen leicht erregt, aber doch Arm in Arm miteinander plaudernd wie auf einer Cocktailparty in den nächsten Raum.

Eine der zwei jungen Frauen hatte ihre Maske abgenommen. Nachdem sie Liliann leidenschaftlich geküsst hatte, legte sie eine seidige Decke über den ermatteten Körper Liliann und setzte sich dann zu ihr, um ihren Schlaf zu bewachen.

Rund um die Bar im Hauptraum des Hauses war eine illustre Gesellschaft versammelt, die sich lediglich in der Kleidung ähnelte. Es gab eine Art Hausuniform, die allerdings mehr enthüllte als verbarg. Die Frauen trugen enge Lederkleidung, die intime Zonen frei ließ oder besonders betonte.

Die Männer waren ebenso spärlich bekleidet. Auffallend war, dass alle wohlproportioniert waren. Männer mit Übergewicht fanden im *Club* keine Aufnahme, während durchaus wohlgerundete bis üppig ausgestattete Frauen ihre Fülle zur Schau trugen und wohlgefällige Betrachter fanden, die nur zu gern bereit waren, die Fleischesfülle aufs Intimste zu begreifen.

Als Naomi sich nach einer kurzen Entspannungspause zu den anderen gesellte, traf sie sowohl die Frauen als auch die Männer in vertrauter Runde miteinander redend, küssend, trinkend oder miteinander auf der Minitanzfläche verschmolzen an. Niemand schien sie vermisst zu haben. Außer natürlich Luis, der sich sofort aus den Armen einer Gespielin befreite und auf Naomi zusteuerte.

«Wie ich gehört habe, hattest du deinen Auftritt bereits», tadelte er, was Naomi ärgerte.

«Stimmt. Liliann hat mir geholfen.»

«Wer hat da wohl wem geholfen?»

«Schwer zu sagen. Es hat uns beiden gefallen. So viel steht fest.» Sie nahm das halb leere Glas, das Luis in der Hand hielt und kippte den Rest des Whiskys in einem Zug runter. Beinahe hätte sie sich verschluckt, konnte den Hustenreiz aber gerade noch unterdrücken. «Und jetzt sehe ich mir an, was hier sonst noch so abgeht.» Mit provozierendem Hüftschwung ließ sie Luis stehen und schlängelte sich zwischen den übrigen Gästen davon.

«Sie ist eine ziemliche Zicke. Du solltest keinen weiteren Gedanken an sie verschwenden.» Patricia legte ihre Hand auf Luis' nackte Schulter. «Ich hätte sie nicht einladen dürfen. Manchmal habe ich einfach ein zu gutes Herz und lasse mich von meinen Gefühlen mitreißen.»

«Kannst du dir das in deinem Job überhaupt leisten?», fragte Paco. Er schlang von hinten die Arme um Patricias Taille und drückte sie fest an sich.

«Im Job leiste ich mir niemals Gefühle. Das wäre tödlich.»

«Und privat?»

«Da kommt es schon vor. Das weißt du doch, oder?»

«Jaah,» meinte er gedehnt, «da interessierst du dich für meine marode Gärtnerei.»

«Unter anderem. Und mir fällt eine Lösung für dein Problem ein.» Sie zog Paco mit sich und winkte Luis, ihnen zu folgen. «Lasst uns doch mal ein bisschen herumspionieren, was es so in den übrigen Räumen noch zu entdecken gibt. Es ist unser letzter Abend. Da wollen wir doch alle noch etwas erleben.»

«Wo, verdammt nochmal, sind wir hier eigentlich. Ist das eine Art Swingerclub?» Kathrin hatte sich wieder angekleidet. Sie fühlte sich in dieser Umgebung unwohl. «Mich stören die vielen unbekannten Gesichter. Man weiß doch nie, wer einem hier plötzlich über den Weg läuft. Masken hin oder her.»

«Hier wird ein anderes Niveau gepflegt als in einem herkömmlichen Swingerclub. Das wirst du wohl zugeben müssen.» Alejandro war in seiner Ehre gekränkt. Es war nicht einfach, so kurzfristig mit zehn Personen Einlass zu finden. Er hatte alle seine Beziehungen spielen lassen, um das zu ermöglichen. Doch wie er erneut feststellen musste, wusste das niemand zu würdigen. Er war der ganzen Sache langsam aber sicher überdrüssig und fest entschlossen, keine weiteren Treffen dieser Art für Nora zu organisieren. Doch war er mit seiner Einstellung nicht allein. Die Übrigen hatten auch keinen rechten Spaß mehr am Drumherum. Und wie hieß es doch: *Man soll aufhören, solange es noch Spaß macht*.

«Ich für meinen Teil habe genug.» Kathrins Blick kreiste suchend durch den schummrigen Raum, in dem sich mindestens zehn Paare beiderlei Geschlechts drängten. Sie war als Einzige in herkömmlicher Kleidung. «Ich fahre zur Finca zurück. Kommt irgendwer mit?»

Diego nickte. «Wenn du meinst. Ich zieh mich rasch um.»

«Ich kann nicht einfach verschwinden.» Alejandro schüttelte ungläubig den Kopf. Was war mit Kathrin los? Sonst war sie eine der Letzten, die die Party verließ. «Ich suche die anderen. Wer aufbrechen will, fährt mit euch zurück. Die anderen kommen später mit mir nach.»

«Wir warten draußen.» Kathrin nahm im Gehen zwei gefüllte, bunt dekorierte Cocktailgläser vom Tablett, das ihr einer der sexy Haussklaven präsentierte, und verließ das Haus.

Eine halbe Stunde später steuerte Liliann den Jeep mit Kathrin, Diego, Nora und Jaime zurück zur Finca.

«Patricia vögelt sich mit Alejandro und Paco, also sozusagen mit Bär und Stier, um den Verstand», lästerte Nora.

«Und Luis teilt heute Nacht seine angebetete Naomi mit einer auberginefarbenen Schönen vom anderen Stern», wusste Jaime, der die drei im Clinch gesehen hatte.

«Dann ist die Raubkatze bei mir wohl auf den Geschmack gekommen», schnurrte Liliann.

«Bei dir?» Kathrin gab vor, nichts vom Liebesakt zwischen Liliann und der Kosmetikerin zu wissen und war begierig, jedes Detail zu hören. «Die Kleine entpuppt sich ja als Vielfraß», stellte sie dann halb bewundernd fest.

«Sie lässt jedenfalls nichts aus.» Liliann parkte den Wagen schwungvoll in der Auffahrt der Finca.

«Was haltet ihr von einem letzten Nightcup am Pool?» Nora sprang aus dem Jeep und besann sich auf ihre Pflicht als Gastgeberin, obwohl sie viel lieber allein mit ihrem Lover eine Runde schwimmen und danach vögeln wollte.

Morgen würden alle abreisen. Auch Jaime. Doch wenn alles wie vereinbart klappte, würde er in wenigen Tagen zu ihr zurückkehren und bleiben. Wenigstens für vier lange, zärtliche, lustvolle Wochen.

Zehn

Alejandro zerteilte eine Orange. Vorsichtig zog er das durchsichtige Häutchen von jeder einzelnen Scheibe und legte sie mundgerecht auf Noras Teller.

«Glaubst du wirklich, dass es gut gehen wird? Jaime ist um einiges jünger», gab er zu bedenken. «Er hatte ganz bestimmt andere Pläne, als ausgerechnet deine männliche Muse zu werden.»

«Bestimmt sogar.»

«Aber?»

«Er hat seine Pläne geändert.» Der unwillige Unterton in Noras Stimme war nicht zu überhören.

«Ich halte es nicht für fair», wandte Alejandro ein, wobei er vorgab, weiterhin ausschließlich auf das Zerteilen der Orange konzentriert zu sein.

Nora sprang vom Stuhl auf und ging aufgewühlt um den Tisch herum. Es missfiel ihr, dass Alejandro aussprach, was sie selbst ab und zu dachte und wieder beiseite schob.

Am Nachmittag würde Jaime in Palma landen. Freude und verhaltene Furcht hielten sich in ihrem Innern die Waage.

«Das Leben ist nicht fair. Binsenweisheit. Und Jaime ist alt genug, um Für und Wider abzuwägen. Er hat sich für mich entschieden und dafür, ein paar Wochen mit mir auf Mallorca zu leben. Vielleicht wird mehr daraus. Vielleicht nicht. Wir sind doch nicht verpflichtet, stets die nächsten zehn Jahre im Voraus zu planen.»

«Okay. Komm von der Palme runter.» Er griff Noras Arm und zog sie neben sich zurück auf den Stuhl. «Das sollte kein Vorwurf sein. Und du hast absolut Recht. Er ist alt genug, um selbst zu entscheiden.»

«Du hast mich auch nicht nach meiner Meinung gefragt, als du die Finca gekauft hast, um ein Hotel daraus zu machen. Obwohl dir klar war, dass du dann für mich nicht mehr viel Zeit haben wirst.» Kameradschaftlich fuhr sie durch sein kurzes Haar. «Wann ist überhaupt die Eröffnung?»

«In sechs Wochen. Wenn alles glatt geht.»

«Willst du meine Freundinnen einladen?»

«Ich habe daran gedacht.» Er zog die linke Augenbraue hoch. «Oder hast du etwas dagegen?»

«Warum sollte ich? Da unsere intimen Treffen beendet sind, werden wir uns sonst nicht so schnell wieder sehen.» Sie küsste ihn liebevoll auf den Mund. «Du bist mein bester Freund. Ich freue mich für dich. Es wurde ja langsam Zeit, dass du wieder an einem Projekt außerhalb meines Lebens arbeitest.» Nora rutschte von Alejandros Schoß. «Ich schwimme noch ein paar Runden, und dann ist es schon an der Zeit, nach Palma zu fahren.» Ihre Wangen glühten wie bei einem frisch verliebten Teenager.

«Ich fahr dich zum Flughafen, bevor du vor lauter Aufregung den Wagen gegen einen Baum fährst.»

Nora lächelte ihn zärtlich an, löste den Knoten des Pareos um ihre Hüften und sprang in den Pool.

«Hast du dir eine neue Kosmetikerin gesucht?» Kathrin beugte sich vertraulich zu Patricia hinüber und berührte die Hand der Freundin, die über einer Kalkulation brütete, um die die Anwältin sie gebeten hatte.

«Wir waren uns bereits auf dem Rückflug von Mallorca darüber einig, dass wir nie wieder über die gemeinsame Zeit reden wollen.»

«Hast du dich abgesichert?», fragte Kathrin besorgt.

«Darauf kannst du Gift nehmen, mein Schatz.»

Kathrin bekam eine Gänsehaut. «Nein. Erzähl mir nichts.» Sie winkte ab, als Patricia Details preisgeben wollte. «Ich will gar nichts davon wissen. *Nichts*. Verstehst du mich?»

«Gut. Nur so viel: Wir haben keinen Kontakt.» Sie tippte mit flinken Fingern weitere Zahlen in den Computer und fragte nebenher: «Wie geht es den Zwillingen und deinem Mann?»

«Gut. Und wie geht es deinem?»

«Danke. Gut.»

Als sich ihre Blicke über dem Notebook trafen, begannen sie beide herzlich zu lachen, bis ihnen die Tränen kamen.

«Alejandro hat mich zur Einweihung seines Hotel eingeladen», japste Kathrin, die als Erste wieder Luft bekam.

«Mich auch.»

«Hast du zugesagt?»

«Noch nicht. Und du?»

«Ich habe meine Termine noch nicht überprüft.»

Patricia nickte verständnisvoll. «Hat er Liliann eingeladen?»

«Keine Ahnung. Seit sie zwischen Italien, Deutschland und den USA pendelt, hat sie keine Zeit für längere Telefonate.» Kathrin wusste von Liliann nur, dass der Verkauf des exklusiven Spielzeugkoffers per Internet wie eine Bombe eingeschlagen war. Sie selbst war eine der ersten Kundinnen gewesen und wartete nun auf die passende Gelegenheit, mit ihrem Mann das eine oder andere aus dem roten Lederkoffer auszuprobieren.

Carla betrachtete wohlgefällig ihr Werk. Sie hatte Liliann Bauch und Brüste mit Früchten, Mascarponecreme und zum Schluss mit winzigen Zimteiskugeln dekoriert, die jetzt auf den steifen Nippeln der Geliebten thronten und langsam zu schmelzen begannen.

Vorsichtig drehte Liliann den Kopf, um im Spiegel ihr Abbild zu sehen, wie sie auf Carlas Esstisch lag und nur darauf wartete, dass die Starköchin mit dem Verzehr ihrer Dessertkomposition begann.

«Die Portion ist für mich allein viel zu groß», murmelte die und klatschte in die Hände. Auf ihr Zeichen hin kamen die beiden jüngeren Schwestern Carlas hinzu und machten sich hungrig ans Werk. Carla selbst trat vom Tisch zurück, um sich am Genuss der anderen zu delektieren.

Anfangs wollte Liliann noch protestieren, doch die geschickten Zungen und Finger, die sich ihr widmeten, ließen keinen Platz für Einwände.

Sie vertraute darauf, dass Carla die Mädchen ihr Werk nicht allein vollenden ließ und die eine oder andere Kostprobe nehmen würde. Doch sie konnte nicht verhindern, dass ihr eine ähnliche Szene in den Sinn kam. Darin lag sie auf einer Ottomane. Ihre Beine waren gefesselt und weit gespreizt. Man hielt ihre Handgelenke fest, und eine gierige Zunge umflatterte ihre Klit wie ein nektarsuchender Kolibri die purpurne Hibiskusblüte.